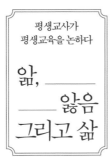

평생교사가
평생교육을 논하다

앎, _____

_____ 않음

그리고 삶

앎, 앓음 그리고 삶
평생교사가 평생교육을 논하다

초판 1쇄 인쇄 ㅣ 2019년 11월 20일
초판 1쇄 발행 ㅣ 2019년 11월 28일

지은이 ㅣ 문웅상
펴낸이 ㅣ 최화숙
편　집 ㅣ 유창언
그　림 ㅣ 최옥경
펴낸곳 ㅣ 아마존북스

등록번호 ㅣ 제1994-000059호
출판등록 ㅣ 1994. 06. 09

주소 ㅣ 서울시 마포구 성미산로2길 33(서교동) 202호
전화 ㅣ 02)335-7353~4
팩스 ㅣ 02)325-4305
이메일 ㅣ pub95@hanmail.net ㅣ pub95@naver.com

ⓒ 문웅상 2019
ISBN 979-89-5775-209-8 03810
값 15,000원

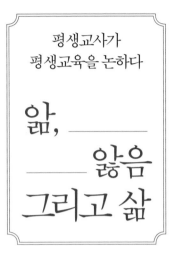

평생교사가
평생교육을 논하다

앎,
앓음
그리고 삶

문응상 지음

아마존북스

프롤로그

저는 평소에 늘 어떤 종류의 글을 써서 세간에 발표한다는 희망을 품으며 살아왔는데, 이번 부안 변산반도 채석강 주변의 전직 설계 재취업 은퇴교육을 받는 연수장에서 키를 잡는 행운을 얻었습니다.

우연히 동료 교육생과 찻집에 들렀다가 거기에 놓인 시집을 읽는 가운데 시집 저자가 무명인의 글을 받아 발행해 준다는 후기를 보는 순간 희열이 온 마음에 넘치는 기쁨을 맛보게 되었습니다. 그런데 약간의 원고를 간추려서 보냈으나 무소식이라 포기를 하고 담대하게 몇몇 한국의 유명 출판사의 문을 두드렸지만 역시 실상은 여전히 글의 성격이나 시대상황으로 출판사 의도와 목적에 부합하지 않고 자비출판이 아닐 거라는 의심의 이유로 거부를 당하는 시련의 세월을 보내던 중, 교산·난설헌선양회에서 회원으로 같이 활동하는 이사님에게 부탁을 하여 1판, 2판 2쇄까지 인쇄되는 저 자신의 책을 행복과 감격으로 받아보게 되었음을 즐겁게 밝힙니다.

그러다가 여기저기 물색 끝에 존경하는 ㈜엔터스코리아 대표님을 전화와 문자로 만나는 행운을 얻어 다시 '개정증보판' 형식으로 약간 첨삭하여 원고를 보낼 마음을 갖고 글을 새로 정리하는 단계에 이르렀음을 알려드리며 특히 여기에는 출판사 대표께서 올바로 된 책을 내려면 전화로 얘기하기엔 여러 어려움이 있으니 직접 미팅을 하여 책 출간에 대한 자세한 부분을 논해 보자는 권유를 하여 거기에 응하기로 한 것이 진정 작가의 대열에 들어가기 위한 과정이 이런 것이구나 다시 한 번 느끼게 되었음을 고백합니다.

그리고 용기를 내어 그동안 미루었던 글쓰기를 시작하는 생에 잊지 못할 엄청난 계기를 제공해 주신 어떤 시인 작가님에게 이 자리를 빌려 다시 더욱 감사를 드리는 것으로 제가 간직하고 있는 진정성과 상상력의 결과물을 풀어놓으려고 합니다. 저의 지극한 정성과 사랑의 메아리에 관심과 성원, 지지와 후원을 부탁드립니다. '시작이 반'이라는 말도 있듯이, 이제 드디어 꿈에 그리던 글쓰기가 시작되었으니 마음이 홀가분합니다. 내용이나 형식에 구애받지 않고 메모해둔 순서에 맞춰 추억과 생각을 정리한다는 기분입니다.

　저의 사랑하는 아내 한화숙, 장남 요한과 며느리 이수민, 차남 혁, 형제자매 그리고 존경하는 장모님과 처가 식구들, 일가친척 간에 더욱 알찬 가족관계, 인간관계를 돈독히 하는 기회도 될 듯 싶습니다. 제가 오늘까지 읽기와 쓰기에 힘을 내도록 물심양면으로 도움을 아끼지 않으신 모든 분들에게 머리 숙여 심심한 감사의 말씀을 드립니다.

2019. 05. 07.
어린이날 연휴 후 이른 아침 2학년 테마 수학여행 떠나는 날
문 응 상

차 례

프롤로그 … 04

제1장 인
仁

삶의 운전대 … 15

나눔 행사 … 18

걸으며 메모하며 … 20

장모님 … 22

무슨 얘긴지? … 24

새로운 길 찾기 … 27

존경하는 김 의원님 … 29

기고문: 전교조 30년은 나의 전부 … 32

책이 좋아 … 36

교육청 홈페이지에 … 39

일체시 일체처 … 41

냉장고엔 왜 손이 갔나? … 44

난설헌 허초희 문화축제에서 … 46

도서출판 기념회에서 … 49

총동원이란 … 53

쓰기 … 55

연극반 운영 … 58

뿌리를 찾아서 … 60

이웃사촌이 가까워 … 63

제2장 의
———
義

킹목사를 생각하며 … 69

예술가들 … 72

짜면 짠 냄새가 나네 … 74

같이 가면 가치가 생겨 … 76

초등 한마음체육대회 … 78

중학교 시절 … 80

남북 교류와 평화 … 83

병원 … 86

나그네길 … 88

교육개혁 운동 … 90

교실 이야기 … 93

글 쓰는 날 … 96

버스킹 … 98

출퇴근 시간 … 100

외국어와 국어 … 101

자전거 … 103

JSA를 넘어서 … 105

제3장 **예**
―――
禮

고한은 탄광촌 ··· 113

소 몰기 ··· 116

상자로 끝나는 말 ··· 119

닭이봉 사랑나무 ··· 122

선비와 상인 ··· 124

인생은 정비공이다 ··· 128

박살나는 세상 ··· 131

자본주의 사회에서 ··· 134

노동은 신성한데 ··· 136

학벌이 뭐냐 ··· 138

올림픽 ··· 141

나의 사무실에서 ··· 144

통일인데 ··· 146

걸, 걸, 걸 ··· 148

퇴임에 대한 소고 ··· 150

이게 뭐지? ··· 153

이제 떠나야 할 나의 정들었던 교문 ··· 155

깨달음 ··· 158

교육 노동자 ··· 160

교사는 많아 ··· 163

여기 벽이 있어 ··· 165

제4장 지
智

강릉에서 … 171

노벨은 어디에 … 173

삐삐 시대라면 … 175

라면 … 178

가사실에서 … 181

선유도공원에서 … 183

클래식에 빠져 … 186

영어교육연구회에서 … 188

강원 평화교육 심포지엄 … 190

뻐꾸기 노래 … 196

상응이란? … 199

형님의 하루 … 201

혁신이 만병통치라! … 206

비화가 뭐더라 … 208

천자를 앞세워 글을 만들어보자 … 210

나이는 숫자 … 212

뒷동산 산책 … 214

급훈에는 … 217

밥을 먹으며 … 219

발레 … 223

제5장 신 / 信

뚫어뺑 … 229

장례식장 … 231

떠나는 자는 말없이 … 234

왕따 … 236

목사님 … 238

손뼉 … 243

뿡주르, 2019 … 245

라디오 시대 … 248

스카이패스 … 252

성경 … 254

민주가 좋아 … 256

황금돼지 … 258

저 멀리 희망이 보이네 … 260

3.1운동을 혁명으로 … 263

4.19의 교훈 … 266

이런 건 처음이야 … 269

50년 만에 … 272

퇴임사 … 274

단오장에서 … 282

창간호를 읽고 −금강을 되새기며 … 286

희소식 … 297

에필로그 … 300

작가 후기 … 305

작가 이력 … 307

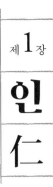

제 1 장

인
仁

삶의 운전대

여기에
태어나면서부터
홍역을 치른 자매가 있네

7개월도 안되었는데
벌써
세상구경을 시켜달라고 야단이여

사라
길라는 수술로 난관을 치루고
태어난 쌍둥이 자매, 이제 고등학교 1학년

거기에 안타깝게도
시각장애인이라니
부모님의 마음은 하늘이 무너지는 대혼란

그런 역경 속에도 불구하고
비장애인조차 극복하기 힘든
스키라는 운동을 선택하다니

인간의 잠재력은
무한대라,
이럴 때 쓰는 말인가?

시야가 좁고 시각이 안 좋아
가이드러너가 앞에서 이끌어 주면
그것을 거울삼아 달리는 지난한 세월

TV로 훈련장에서 스키 타는
모습을 지켜보니
그야말로 피눈물이 나는 상황
그런 환경을 딛고 승리를 점치는 자매의 용기가 놀라워

전국대회에서 우승을 목표로
열심히 노력하는 장면은
삶에 게으른 비장애인에게도 모범이 되네

연습으로 긍정적 마인드를 심기까지
옆에서 지도해 주시는 트레이너에게

감사하네

일상을 함께 하며
딸에게 격려의 손뼉을 쳐주는
부모님께도 고마움의 인사를 전하네

비록 운동에선
가이드러너에게 이끌리지만
진정한 삶의 운전대를 잡으려 애쓰는 자매에게 큰 박수를 보내네

삶의 운전대를 놓치고
방황의 시간을 길게 갖는
비장애인에게도 삶의 디딤돌이 되면 좋겠어

현재
올림픽 랭킹 13위에 그쳤지만
그것도 과감히 이겨 우승의 팡파르를 울려주길 기대해

나눔 행사

어제는 유비무환의 화신
충무공 이순신*의 탄신일
애국심으로 국가의 틀을 짜는데 원형을 제공해 주셨네

오늘은 예고한 대로 교문 앞에서
어떤 색다른 행사를 진행하는데
제1회 정기고사용 컴퓨터 사인펜 나눠주기, 일명 컴싸

기분 좋게 입장하는 학생들에게 학교폭력 예방 홍보물을 주며
학생들을 격려하고 간식도 배부하는데
행사에 희망하는 선생님은 자율 참여여

맑고 상쾌한 월요일 새 아침에
이런 특별한 행사를 하겠다는 것을 기획하여
실천에 옮기는 학생안전부의 노고에 감사하는 바

실천적 사고가 학교에 조그만 변화를 가져와
수요자에게 신선한 충격을 줘서
새로운 마음자세를 일깨워주는 게 중요한 현실

이런 의미를 담고 일정한 가치를 일궈

학교가 좀 더 즐겁고 보람 있는 배움의 전당이 된다면

그게 학교공동체의 본모습이 아닐까 생각해 보네

누구나 두뇌를 갖고 있지만

상대를 배려하고 존중해 주는 풍토는 저절로 오는 게 아니라

뭔가 생각하고 느낌을 공손하게 전달하는 웃음의 과정이 필요해

특별한 나눔 행사에 동참한

모든 교사와 학생회에 분발을 촉구하며

오늘의 단상을 마치련다,

희망 기쁨 보람 행복 정의 인권 민주 자유

● 충무공 이순신 탄신일은 1545년 출생해 임진왜란과 옥포대첩, 한산대첩, 명량해전
등에서 큰 공을 세우고 1598년 전사한 충무공 이순신을 추모하고 기리기 위해 제정
됐다. 이순신 장군을 기리는 행사는 그가 전사한 직후부터 시작돼 1945년 이후 '충
무공기념사업회' 주관으로 매년 탄신제전을 올렸던 것이 첫 기록이다.

걸으며 메모하며

오늘 아침엔
간밤에 생각했던 기억이 가물가물하여
나도 모르게 수첩과 필기구를 꺼내들었어

길 가는 어떤 아주머니에게 물었지
"여기 아침에 매일 걷기운동을 하는 몸이 좀 불편한 어르신을
요즘 혹시 뵌 적이 있나요?"

그 아주머니는 귀가 어두워
듣기가 어렵다고 호소하여
사정이 여유롭지 않음에 그냥 발길을 돌리네

계속 아침 출근길을 걸으며
생각하고 메모하며
새로운 도서출판에 대한 글쓰기 작전에 돌입이여

어떤 장례식장에서 만난
두 자매가 나에게 책을 낸 기분이 어떠냐 하기에
'글쓰기는 쉬운데 책쓰기가 어렵다.'고 했네

책을 독자의 기호에 맞게 아름답게 꾸미고
교정하여 순서에 호기심이 생기도록
총체적으로 작업을 하는 것을 책쓰기라 한다

오늘도 걷고 뛰며 끌고 타며 생각하고
그것을 다시 엄선의 궤에 올려 메모하여
쓰기 싸움터에 내놓으려 마음을 가다듬네

적는 자가 살아나아
적자생존이며
읽는 자가 승리자가 되니 '독자생존'이라

다독
다작
다상량●이 누구의 말이더라?

● 논리적 사고 훈련, 다상량(多商量) 생각을 많이 해야 하고 평소에 자신의 생각이나
  다른 사람의 말을 분석하는 힘을 길러야 함

장모님*

장인어른께서는
내가 결혼하고
6, 7년 후에 돌아가셨어

교회 어떤 집사님의 중매로 만난 나를 보려고
장모님은 큰아들과 함께
외출하셨었지

교사로 근무한다는데
올바른 선생님이라는 사실에 접근해 있는지
절대 확인이 필요했으리

합격점을 받고 상호 간에 인사를 하면서
특정한 상견례도 없이 빠른 시일 안에
결혼식을 약정하셨다네, 19820502

그러던 장모님, 우리 장모님께서
요 근래 생일을 깊이 축하한다는 명목으로
금일봉을 누구 못지 않게 크게 쏘셨드래, 누나도 축의금

세월의 흐름을 실감하듯
액수가 많이 증폭된 것이 어찌 된 사연인지
궁금하지만 감사하고 즐거운 마음에 행복을 간직하네

우리 장모님,
지금처럼 건강을 잘 챙겨서
모든 다양한 가정에 정다운 수호신이시길 빌어

올해로 94세이신데,
온 가족이 함께 한 생신잔치는 동네 어르신들을 모셔
교회행사로 진행해서 특색이 있었네, 부디 만수무강하소서!

● 이정희(1926.04.06. ~) 슬하에 2녀4남을 두심

무슨 얘긴지?

밑에 간단하게 제시된 글
'기초학력평가'란 어구를 읽어보고
어떤 거를 의미하는지, 무슨 얘긴지? 감이 안 와
대충 생각해서 의견을 설파하려네

강원도 학부모 어른들께서
공공의 장소 어디에서나 버젓이 대놓고
강원교육 강원교육청 전교조를 비난한다는 소문이 파다하네

너무 애들을 풀어놓으며
인권만 드러내 보인다는 불만으로
침을 튀기는 상황임을 감지하네

전교조가 눈에 띄게 잘하는 것도 없지만
학부모 어른들께 눈총을 살만큼 죄를 지은 것도 없는데
모이기만 하면 허공에 대고 비판을 해대니
미칠 지경이여

'기초학력평가'는 해가면서

지식 교양 정도를 챙겨주는 게 중요해
옛날에는 강압에 의한
주야간타율학습(주야타)이었지만

요 근래엔 학생 희망에 의한 완전 주야간자율학습(주야자),
강제 보충수업(강보)이
이젠 희망에 의한 방과후 활동(방수)으로 개편되었음을 공지하네

그러니까 전교조가 30년 이상 주장해온 것이
요즘에 자리를 잡아가는 추세인데 이거를 또 비난이야
"왜 애들을 그렇게 마냥 풀어놓냐?"

아이들을 자율적으로 인권적으로
조용함으로 상대를 배려하는 열람실, 교실에
스스로 학습할 공간을 제공하여 잘 지도를 하니

학부모 어른들께서는
현장을 직접 탐방하시고 다 함께
언로를 트는 계기를 마련하자는 제안을 조심스레 드리네

강원교육에

지역사회 학부모 교사 학생이 하나 되어

일로 매진하자는 말씀으로 오늘의 고담준론을 마치네

새로운 길 찾기

여기저기 둘러보며
새로운 길 찾기에 들어서네

나는 강릉에 살고 있는 영어교사 문웅상

이제 퇴직을 앞두고 책을 내려던 계획을 실천에 옮겨
곧 책이 출간되는 감동의 순간이 기다려지네

이번에 책을 내기 전에
궁리, 창비, 어떤 시인의 출판사, 지금의 출판사 그리고
다섯 번째로 어떤 작가 대표님을 만나게 되어서 영광이고
기쁨이라

독립출판으로 순조롭게 풀리리라 생각하며
이번에 판매부수를 결정하는데 어려움이 있었지만
신인작가의 겸손함으로 400부 정도 출판하기에 이르렀어

이어서 곧 어떤 대표님에게 달려가
올해 내에 개정증보판으로 재차 출간을 하도록 계획을 세워보니

많은 보살핌을 부탁드리네

그동안 생각과 상상, 기억과 메모로 쌓아온 소재와 제목,
주제가 다양하게 펼쳐져 있으므로
글을 쓰는 데는 별로 어려움이 없으리라 예상되네

책을 내는 경험을 하는 과정에
제목 정하기와 아름답게 편집하는 것이
보통 일이 아님을 인지하네, 이게 책쓰기

새로운 길을 찾아
글이 어느 정도 완성단계에 이르면
이메일로 송부하겠다는 다짐을 세우네

출판사 대표,
글쓰기 강사님의 만남이 늦어진 것이 후회되나
이제부터 시작이라 생각하면 위안이 된다네

가내 평안과

회사의 발전을 기원하며
새 길을 찾아 나선 문응상이가 상서하노라

존경하는 김 의원님

도시재생에 관심을 기울이는 중차대한 시기에
시의회 존경하는 김 의원님이 계셔
한결 위안이 되네

평소에 구상했던 것을
유명 강사로부터 강의를 듣고
실천 계획을 디자인하며 구체적 방안을 마련하네

관주도 보다는 지역주민이 중심이 되어 합의를 이끌어내
쾌적한 주위환경을 연출하는 데는
어느 누구의 독선이 자리 잡아서는 안 되니라

어디서나 지역일꾼으로 지대한 관심을 보이는
김 의원 같은 성실한 의정 활동자가 있는 한
아직은 희망이 남아있다는 얘기

국회를 불법으로 무단 점거하고
때려 부수는 데 앞장서는 몰염치한 작태를 보이고도
또 선출이 될 거라 생각하는 것은 무슨 과감성인가?

강릉에 살아있는 공기를 내뿜어주는
존경하는 김 의원이 계속 의회를 지켜준다면
시민의 삶이 많이 풍요로워지리라 확신하네

원만한 정치활동에 박차를 가하려면
정신적 육체적 건강이 최고라 그런지
오늘 아침 운동을 하며 김 의원을 스쳐 만나 버렸어

시내 미관을 아름답게 가꿔
시민에게 돌려주는 도시재생 운동이 힘차게 전개되어
내셔널트러스트 운동으로 승화되기를 바라면 과욕일까?

주관을 갖고 구김살 없이 일하는 의원상을 보여주는
김 의원님 덕분에 여기에 소회를 피력하니
얼마나 좋아, 의원님의 앞날에 행운을 기원하네

기고문:
전교조 30년은 나의 전부

저는 1981년도 탄광촌 중학교에 첫 발령으로 교직을 시작하여 성실하게 아이들과 만나는 평범한 세월의 연속이면서 군사독재의 정책방향에 충실하듯이 반공웅변대회를 주관하는 단계까지 나갈 정도로 무의식의 세계에 잠겨 있었습니다. 그러다가 중소도시로 전근을 와서 여러 사람들의 부대낌 속에 뭔가 모르게 헛헛한 마음에 교육의 본질에 다가가는 계기를 보게 되었거든요. 선후배들이 벌써 교육민주화선언을 하는 역사적 전환기에 그런 소용돌이를 비켜간다는 것은 교육자의 진정성에 준하는 도리가 아니라 생각을 고쳐먹으며 1988년 전교협에 발을 디디게 되었지요. 그러니까 저는 교육개혁 2세대라고 짐짓 에둘러 말을 합니다. 교육민주화선언을 하여 참교육의 참모습을 보여준 선배 동지들에게 이 자리를 빌려 존경의 마음을 전합니다. 아마 김진경 의장님도 그 당시의 인물이라 여겨지는군요. 김 의장님 고대변인 집권 여당, 제발 ILO인권위의 권고를 참고삼아 이 참에 전교조 합법화 부탁드려요.

그러다가 무지몽매한 제가 무의식의 상태에서 노동조합도 모르면서 1989년 전교조에 진입하는 획기적 변화를 가져올 줄이야 누가 짐작이나 했나요. 다른 가입자들은 집안이, 가정이, 가문이 난리가 나 6.25전쟁을 방불케 했다네요. 그러나 저의 주위는 너무 조용했어요. 저 나름대로 결단의 순간을 순조롭게 지나가기는 어려운 상황에 맞닥뜨리게 되었어요. 후문으로는 누나에게 모처에서 종종 전화를 받았다고 하더라구요. 아무튼 그래서 궁리 끝에 치욕을 무릅쓰고 임시 탈퇴서를 쓰기에 이르렀지요. 1,500명 이상이 해직되는 전교조 참사에 간신히 살아남았지만 심적 고통은 해직자와 맞먹는 양의 버거움이었다는 것을 이제야 고백합니다.

"너는 왜 해직이 아니냐, 그런 얼굴로 근무가 되냐, 이중인격자구나."

이런 수모는 도를 지나쳐 학생들 일반 교사들의 멸시 천대 무시 경멸의 눈총은 정말 역경의 연속이었지요.

1989년에 전교조에 가입하여 조금도 옆길을 타지 않고 오로지 참교육으로 학생들을 즐겁게 만나는 일에 전념하다 보니 벌써 정

년퇴직 위치에 도달해 있더라구요. 전문교육노동단체 전교조의
30년 역사가 저의 모든 것으로 자리 잡을 거라고는 누구도 장담
을 못합니다. 왜냐면 저는 천생 얌전이 꿔다놓은 보릿자루 성실
근면 착한 이를 트레이드마크로 달고 다녔으니 감히 여타 교사들
장학사 교장 교감 관료들 교육청 교육장 교육감 교육부 수구냉전
친일 친미 전작권 환수 반대 군사독재 적폐세력들이 이해를 못하
는 것이 당연합니다. 지금도 어떤 이는 말합니다.

"아 이제 나이를 생각해, 원주로 들어와서 그냥 쓱싹하면 교육
장 정도는 따논 당상이었잖어."

그런 허무맹랑한 얘기에 휘둘릴 제가 아닙니다.

무의식 상태에서 이제 바른 방향으로 의식을 전환한 개혁 혁
신 진보 급진에 다가가면서 정치 교육 문화 사회의 제 상태를 점
검하고 정의로운 국가를 세우는데 이바지하려는 마음가짐엔 어
느 누구도 방향을 틀 수가 없음을 재삼 강조하는 동시에 저의 전
교조 30년 역사를 자랑스럽게 생각하며 이제 다가오는 8월에 정
년퇴직을 유감없이 마무리할 예정입니다. 2018년 10월 은퇴설계
재취업, 2019년 1월 귀농귀촌, 2019년 4월 1일부터 5일까지 사회
공헌에 대한 교육, 6월에 다문화가족에 대한 전문컨설팅 은퇴연
수를 포함해 총 네 차례에 걸쳐 연수를 받은 것도 퇴직을 준비하

는데 유익한 시간이었다고 생각합니다. 한편 퇴직 기념으로 글쓰기를 한 결과를 책으로 엮어 4월 11일 목요일 경포고등학교 보래미도서관에서 조촐한 출판기념회도 계획 중이니 많은 왕래와 저의 신간도서에 지지와 성원, 관심과 후원을 기대하며 교육개혁의 전도사 신인작가 송원 문응상이 바다가 보이는 사무연구실에서 상서로 기고합니다. 감사합니다.

책이 좋아

책이 좋아
읽기가 흡족해
거기서 보람과 기쁨이 솟아나네

나는 읽기도 좋아하지만
책을 구매하는 것도
너무 좋아해

이제 정년퇴직이 다가오니
은퇴설계연수가 눈앞에 놓여

1차 연수는 재취업, 2차 연수는 귀농귀촌
3차는 4월 1일부터 5일까지 천안에서 사회공헌
4차는 다문화가족 전문컨설팅에 대한 연수여

잔뜩 기대하여
특출한 강사선생님을 뵈올 생각을 하면
벌써 설레는 마음을 숨길 수가 없어

나는 평생교육을 강조하면서
언제 어디서나 공부 앎 배움 실천으로
대화를 습관화하고 있네

책을 가까이 하며
언제 어디서나 어른의 언행으로
모범을 보이고자 노력하는 것이 마땅한 도리

모름지기 어른들의 앞서가는 모양새가 사회에 드러나면
아이들에게 저절로 인성 예절 교양 도덕 윤리 양심 교육이 되는
것이라네

책이 좋아서
나의 삶은 바로 책으로 연결
그래서 글쓰기를 꾸준히 하여 산문시집을 출판하기에 이르렀어

신간도서에 대한
성원과 후원을 바라는 마음이 간절해

부디 가정에 평안을 기원하며

멀리 바다가 보이는 연구실에서

신인작가 송원 문웅상이가 상서하네

교육청 홈페이지에

교육청 홈페이지에
출판기념회를 안내하며
홍보하네

그동안
40여 년의 세월

평생교사로 교수학습활동에 전념하도록
물심양면으로 도움을 주신
교육가족 여러분 덕분에

정성 들여 글을 쓸 시간을 가져
그 결실물을 출판으로 내놓게 되었음을
기쁘게 생각하네

조촐하게 가족적 분위기에서
출판기념회를 갖고자 하오니

즐거운 마음으로 왕림하여

격려의 한 말씀 부탁드리며

시 한수 읊으셔도 좋지

| 신인작가 문웅상선생님의 출판기념회 |
『정년퇴직을 마주한 평생교사의 인생 제3막』
2019. 04. 11. 09:00~16:00
경포고등학교
3동 1층 ♧도 서 관♧

재미와 느낌, 깨달음과 감동을 일궈낸다는 일념에 그간의 글쓰기를 아름다운 책으로 엮어서 이제 그 결과물을 내놓게 되어 오늘에 이르기까지 성원해주신 주위 여러분과 함께 한없는 기쁨을 나누고자 조촐한 〈신간도서 출판기념회〉를 마련했으니 찾아서 관심과 후원의 말씀을 해주시면 감사하겠습니다. 가정에 행복과 일터에 보람을 기원하며 불초소생 문 웅 상(文應相)이가 상서합니다.

일체시 일체처*

언제 어디서나
느끼고 깨달으며 스스로 감동을 먹는 삶이면
그게 일체시 일체처의 과정이여

법륜스님의 '즉문즉설'에
다양한 질문과
알맞은 답변이 오고 가네

하나같이 '희망세상 만들기'에 편입되어
인생살이를 좀 더 편하고
아름답게 꾸미려는 욕심을 품고 있네

법륜스님은 재미있고
설득력 있는 답변으로 청중을 흐뭇하게
결론에 도달하게 하는 능력을 보여줘

인연이 업으로 이어져
그것이 악연이 되는 것을 보면
전생과 현생도 밀접한 관련을 맺게 되네, karma*

극과 극으로 상호간
말에 의한 상처를 안고
세월을 부정적으로 보내는 게 옳아?

아니면 이제 심장을 떼어내는 고통을 잊고
이전의 활달함에 동력을 실어
밝은 성격으로 혁명적 사고를 갖는 게 좋아?

이제까지 살아온 것도
감사함과 행복으로 여기는
창조적 사고의 전환은 어때?

일체시 일체처,
남에게 손해는
나에게도 손상이 크게 다가와

죄책감을 언제까지 갖고 가려해
수처작주*
주어진 조건에서 유리한 것을 발견하려는 노력이 필요하네

모방적 사고에서

창조적 사고로의 전환은 주인의식의 기본

그러면 작은 것도 아름답게 보이네

● 一切時 一切處 어느 때 어느 곳에서도 느끼고 깨달을 수 있음
● 인연, 업, 갈마, 전세에 지은 소행 때문에 현세에서 받는 응보
● 수처작주 입처개진(隨處作主 立處皆眞) 어느 장소에서든지 주인이 된다면(隨處作主),
　모든 것이 참될 것임(立處皆眞), 임제스님의 말씀

냉장고엔 왜 손이 갔나?

우연히 열었는데
먹을 것이 눈에 띈가 봐
주인의 허락도 없이 냉장고 문을 열었네

견물생심이라 했지

먹고 싶은 것이 있으면 말로 하지
왜 남의 물건에 손을 대지? 야속하네
이해가 안 되네

사제지간에 믿음과 사랑이
존경이 우선이거든
말을 통과시키면 정답이 숨어 있는데

속마음을 속이는 것은
습관화가 되어
점점 악의 구렁텅이에 놓일 가능성이 크다는 게
문제여

냉장고엔 왜 손이 갔나?
이제부터라도 깊이 반성하여
새로운 모습으로 다가가기를 바래, 문제네

출입문을 걸어야 되나?
번거로워
어떤 방법이 좋을까?

웃는 모습으로 하루의 일과가 진행되면
얼마나 좋아
모두 안녕!!!

난설헌 허초희* 문화축제에서

난설헌 허초희 430주기에 맞추어
문화축제를 개최하니
감회가 새롭게 다가오네

노벨상을 받아도 부끄럽지 않을 정도로
빼어난 시적 감각을 갖고 태어난 천재 시인을 갖게 된 것을
무한한 감동으로 함께 아우르네

교산 · 난설헌 선양회 20주년도 겸하고 있어서
더욱 뜻깊게 다가오는 문화축제를
누구나 즐기고 난설헌의 얼을 기리게 되니 새로운 시대적 감각

내빈과 시민, 관계자와 이사들을 초대하여
문화제의 개막을 알리는 것을 시작으로
시문학상 시상식, 문현미시인 수상

전국 백일장, 시낭송대회, 솔밭 들차회, 인형극 공연,
하모니카, 통기타 연주, 초당 두부 체험, 난설헌 한복 체험,
디스코공연, 문해반 시화전, 난설헌 시가 있는 꽃꽂이로

실행과 감상, 느낌과 감동이 알맞게 조화를 이루어
양 이틀간에 걸쳐서 문화축제는 성황을 이루었는데,
역시 백미는 맨체스터 출신 영국인*의 이색적 참가네
나는 영어를 듣고 말한다는 이점을 이용하여 통역자로 나섰지

그 친절하고 지적인 외국인을 대접한다는 차원에서
안목 찻집, 경포해변 드라이브, 멀리 38선 휴게소까지
관광을 시켜주고 끝으로 참소리박물관을 소개해주었지
그가 한국과 강릉에서 느낀 인상은 좋았기를 소원해

영국 맨체스터 출신 외국인이
축구선수 손흥민도 알고 있는 것으로 미루어
그 스포츠맨이 우리 대한민국을 세계에 알리는 일등 대사가 되었어

해를 거듭하며 내년엔 뭉친 힘으로
더욱 발전시켜 더 큰 의미를 구가하며
난설헌 문화축제에 빛나는 내일이 묻어나게 하세

- 1563(명종 18) 강원 강릉~1589(선조 22). 3. 19.

  조선 중기의 여류 시인으로 〈홍길동전〉을 쓴 허균의 누나. 본관은 양천, 본명은 초희, 자는 경번, 호는 난설헌으로 어렸을 때부터 뛰어난 시재를 보였으며, 서화에도 능해 동생 허균에 의해 중국에서 난설헌집이 발간되면서 문명을 떨쳤다.
- BBC 기술직, 혼자 세계여행을 즐김

도서출판 기념회에서

오랜 세월의 계획으로
탄생한 신간도서
『정년퇴직을 마주한 평생교사의 인생 제3막』

도서출판 기념회 없이
격식 차리지 않고 그냥 나눠주며 먼 장래를 바라보고
투자라고 생각하며 다음을 기약하려는 마음이었네

어떤 동창이 한마디 하여,
'출판기념회를 해라, 나도 가서 축하해줘야지'
하더니 현장엔 나타나지도 않았네

카스, 카톡, 밴드, 페북에 모임의 대표를 초대해서
구성원에게 알려주기를 내심 기대했는데
꿩 구워먹은 소식, 함흥차사더라

"왜 이런 상황이 전개되지?"
'어, 이상하다!', 역지사지로 자문하지만
답은 없어라, '시기 질투심 때문일까?', 문제는 경제야

그럼에도 불구하고
아내가 여러 모로 애를 써준 덕분에
기념회장이 성황을 이루어서 다행이었어

거기에 금상첨화로
사랑하는 제자 학생들이 썰물처럼 몰려와
작가의 사인을 받아가니 출판기념회의 꽃이었네

존경하는 누나와 매형, 당숙이 참석하여
기념회장을 빛냈고
매형과 아내는 축하의 말을 전달하는 순서를 가졌어

학교 친화회에서 선생님과 학생을 초대하여
분에 넘치는 자리를 마련해준 것에 대해서
이 자리를 빌려 더욱 감사하네

아내가 주야로 열심히 나가는 교회 식구들이
축하 화분과 꽃바구니, 케이크를 가져와
서로 간에 기쁨을 나누니 이게 바로 행복이잖아

기념회장에 일찌감치 등단하여
아주 커다란 행운목* 화분을 남겨놓고 가신
교산 · 난설헌선양회 이사장님과 사무국장에게도 감사드려

꽃다발을 가져오신 조이사시낭송협회장이 직접 낭송을 하고
다른 손님들이 차례 숲속에서 다양한 주제시를 찾아
낭독을 하니 이것도 특별한 행사의 일환이었지

게다가 신간도서 출판물이
쇄도하는 애독자 여러분들의 성원에 힘입어
완판으로 종지부를 찍어서 즐거운 비명이여

이제
지난한 세월의 산고를 딛고
글쓰기 결과물이 책으로 디자인되어 나왔으니

후편은 좀 더 수월하게 출판되기를 기대하며
첫 번째 도서출판 기념회를 모두 마치네
이제 정말로 작가가 되었나?

* 외떡잎식물 백합목 백합과 드라세나속을 통틀어 이르는 말

총동원이란

군대에서 총동원령이 하달되면
큰일이여
어디에서 무슨 변고가 생겼나

국가의 질서를 바로 잡는데
군대를 이용하면 그게 국민의 군대가 되는데
그것을 기화로 정권에 눈이 멀면 안 되거든

천재지변, 산불, 홍수, 태풍이 일어도
지방자치 단체를 기준으로 총동원령이 떨어져
비상사태에 돌입이여

그런데 이런 총동원령이
총동원 주일이라는 이름으로 신성한 교회에서도 발령이 되니
종교의 자유가 있는 민주국가에서도 다급함이 다가오나 봐

어디서나 문제가 없는 곳이 있겠나
인구가 줄어 학교 교실이 텅 빌 것이라 예상을 하니
덩달아 교회도 예배자 수가 줄어드는 것은 당연지사

교회도 노령자가 충만하니
앞으로 젊은이들을 만나기가 어렵다는 계산 하에
어느 교회나 예배당을 못 채울까 봐 걱정이여

그래서 총동원령은 궁여지책의 일환
그거까지는 허용이 되나
절박한 심정을 담는다는 것을 강조하면서

간증으로 교통사고를 연관 지을 때는
실수이길 바랬어
정말 실소를 금치 못하겠어

아무리 다급해도 그렇지
어떤 이를 교회에 잡아두지 못해서
교통사고 사망으로 이어졌다니 이건 너무 비약이여

이미 지나간 거
주워 담을 수는 없는 일
양식이 다분히 있는 목사님이 왜 그랬는지 이해가 안 되네

쓰기

생각나는 대로
여기저기 여러 곳에
쓰기를 하네

때론 쓰기에
제동이 걸릴 때도 있어
'뭘 그렇게 써대시유'

홈페이지에
쓰기, 댓글 달기를 하여
정보를 공유하고 뜻을 불러 모아

근무처 홈페이지를 시작으로
각종 모임, 단체의 홈피에 들어가
쓰기를 하며 제반 지식 정보를 주고받는 게 흥미로와

인터넷 카페에 다양한 글이 있어
검색하고 내용을 숙지하여
다시 얻은 나름 중요한 정보를 제공하는 역할에 충실

메일 읽기,
다양한 정보가 숨어 있는데
캐내서 공유하고 소통하는 것이 즐거운 일이네

일상을 다 기억하기엔 무리라서
언제든 메모할 준비는 되어 있어야지
잠깐 사이에 중요한 착상이 망각의 늪으로 들어가면 큰일

매일 아침 일어나면
하루의 일과를 계획하여
실천할 채비를 하는데

그러기 위해서는 메모는 긴요하지만
일기도 매우 필요한 인생경로라 생각하여
하루의 일과를 더듬어 일기장 정리에 심혈을 기울이네

신나고 의미 있는 하루 일정에
쓰기로
계획과 실천을 병행시키자

바다가 멀리 보이는
2동 조용한 4층 연구실에서
글쓰기는 너무 좋다네

글을 써서 발표하라는 지상 명령으로
그렇게 사무실을
나에게 안겨주었다는 기쁨

여기서 글을 안 쓰면
어디서 나의 생각과 상상력을 풀어
이심전심으로 의미와 가치를 주고받으리

연극반 운영

강릉 지역사회에서
연극에 관심이 있는 사람들이 모여
연극을 보여주는 단체가 잠시 존재했었네

수지 타산이 맞지 않아
얼마 동안 연습장을 유지시키다가
폐쇄시키고 말았지

사실 이런 중소도시에서는
연극과 같은 예술 문화가 성장한다는 것은
실로 어려운 일이라 짐작은 하지만

어디 활성화 방안은 없을까?
서울지역 대학로에 가면
다양한 연극을 성향에 맞게 볼 수가 있다던데

서울지역과 그런 고차원적 예술을 비교하기가 뭐 하지만
그래도 주민들이 조금만 여유를 갖고 호응을 해준다면
많은 발전으로 보답을 하리라

그러던 차에 나도 학교 현장에서
의욕이 있는 희망 학생 중심으로
아이들을 모집하여 연극반을 꾸렸었지

'보래미 연극반'
벌써 20여 년의 세월이 흘러
까마득히 잊고 있었네

그 소속 반원이 이제 성인이 되어
가끔 시내에서 만나면
그때 당시를 회상하며 학창시절의 즐거움을 음미하네

자신의 역량을 연습으로 향상시켜
습득한 것을 자신감 있는 표현력으로 보여준다면
어떤 분야에서 활동하던지 활력소로 작용하리라

뿌리를 찾아서

조상이 어떻게 이루어져
오늘에 이르렀는지
관심을 갖고 보게 되는 게 족보라네

족보를 어떻게 제작하는지
몇 년에 걸쳐서 만들어지는지
거기에 개입한 적이 없으니 전혀 몰라

아버지로부터 배움을 얻었는데
이해력, 집중력, 주의력이 부족한 탓인지
아직도 해독이 안돼

그러다가 지역 종친회장을 맡고 보니
더욱 관심을 갖고 회원들에게 우리 조상을
얘기해 봐야겠다는 생각을 하게 되네

나주시 남평읍 풍림리 산 112번지가 본관이라
거기를 매년 방문하여 종친들을 만나고
선조들의 발자취를 더듬어 보네

족보를 따져 보는 것은 서투르지만
시조 할아버지[•]가 누군지
'익자 점자 할아버지'와는 몇 대 손인지

뿌리를 찾아서
내가 그로부터 얼마나 후손인지 알아보는 것도
대단한 의미가 부여되는 일이여

나는 중국으로부터
이 나라에 목화씨를 가져와서
세상에 알려진 '문익점 할아버지의 24대 손'이라네

거기다가 친지, 일가, 친척에게는
돌림자가 있어서
대충 들으면 촌수를 가리게 되지

나는 상[•]자가 돌림이라
42만 남평 문씨[•] 중에 어디 위치해 있는지
어렴풋이 알게 되네

- 文多省
- 相
- 南平 文

이웃사촌이
가까워

내 주위를 감싸며 공동체 의식을 성찰하게 하는 이웃이 존재합니다. '덕불고 필유린'입니다. 형제자매 일가친척 일족이 있어 서로 도우며 살아갑니다. 내 주변에 어떤 이가 "우리 형, 우리 동생" 하며 서로서로 친근감으로 다가갈 때 가장 부럽습니다. 그런 말을 주고받는다는 것은 우애가 깊다는 의미입니다. 나에겐 그렇게 큰 우정을 보여주는 형제가 없어서 아쉬움이 큽니다. 양자로 다른 집에 들어간 형이 다시 친가 쪽에 와서 모든 것을 좌지우지하니 불협화음이 발생합니다. 그런 일련의 사정 때문에 심지어 막내와는 담을 쌓는 불편한 지경에 이르고 있습니다. 남남 이상으로 원수지간이 되었습니다.

강릉지방에서 근무하다가 23년 전에 경기도 안성으로 전근을 간 선생님과 아직도 끈끈한 정을 이어주는 것을 두고 형제자매보다 이웃사촌이 훨씬 가깝다는 말을 하는 것입니다. 이번 여름방학에도 특별 휴가를 내서 강릉을 방문하여 여기저기 관광을 하며 즐거운 여유시간을 갖고서 우애를 다졌습니다. 많은 먹을거리 볼거리를 안내하여 매우 유익한 시간이었다고 하면서 다음을 기약합니다. 교회에 다니는 사람 중에서도 4인방이라고 이름을 붙여 정기적으로 만남을 이어주는 친구 같은 사이가 있습니다.

　각종 모임, 동문회 친구들, 교회 식구들이 형제자매를 대신할 정도로 가까워 이웃사촌의 목표치에 도달입니다. 늘 가까이서 의탁할 어깨를 다정하게 내밀어줍니다. 매년 조상 묘소에 정성들여 벌초를 하는 일가친척이 있는데 사상과 이념으로 둘, 셋이 됩니다. 좌파 우파로 나뉘어 얼굴을 붉힙니다. 분위기가 험악해집니다. 말을 걸기가 뭐 할 처지로 각자가 어색한 표정이 되어 좌불안석입니다. 우리나라에 대한 일본의 화이트리스트 배제, 수출규제로 인한 현 시국을 놓고도 혈전을 벌입니다. 양파가 되어 평행선을 달립니다. 일방적 비난을 막느라 상호 투쟁을 표출시킵니다. 그래서 더욱 이웃사촌이 그립습니다. 궁지에서 빠져나가고 빼내려고 각처에서 브레이크를 걸어보지만 고정관념을 깨기가 하늘에 별 따기입니다. 극복방안을 연구하지만 묘책이 없는 형편이라 안타까움이 더해갑니다.

수많은 사람을 포함하여 부부 사이에도 알력이 존재하니 이해와 배려, 더 깊은 사랑이 필요합니다. eros사랑, agape사랑, 이기적을 넘어 이타적 사랑이 이웃사촌까지 연결됩니다. 제사, 시제, 설날, 추석에 친인척이 만나도 무덤덤합니다. 가까운 이웃사촌이 심적 고통을 녹여줍니다. 옆집 감나무가 담을 넘어 내가 거처하는 쪽으로 가지를 뻗어 와서 마당을 어지럽히니 그 주인이 미안한 마음에 가을철 잘 익은 감을 건네줍니다. 이게 이웃사촌의 표본입니다. '격물치지 성의정심 수신제가 치국평천하'하여 형제애를 이웃사촌의 위치에 놓기를 기원합니다.

제2장

의
義

킹 목사*를 생각하며

마르틴 루터 킹 목사님은
60년대 초, 중반에 미국을 일깨우며
일약 호소력 있는 지도자로 등장이네

흑인 지도자가 혜성처럼 나타나
미국을 호령하며
차별에 맞서는 모습은 가슴을 울리는 감동의 물결

설득력으로 상대를 제압하려 했지만
상황은 그렇게 녹녹치 않은 것
불의를 보면 참지를 못하는 킹 목사님

한창 변화의 중심에 섰던 목사님은
어느 누가 겨눈 총에 맞아
암살되는 불운에 처하게 되네

흑인을 암흑의 구렁텅이에서
구하려고 무던히도 애쓰던 찰나에
백인들은 그들의 위치가 위태하다는 것을 알게 되었지

흑인을 풀어주면 노예처럼 부려먹을 상대가

사라진다는 불안감

이러면 시장이 잘못 작동될 가능성에 의문을 던지네

빈곤에서 벗어나면

모두가 행복으로 다가갈 텐데

그걸 극단적 이기주의로 개인의 존엄성에만 초점을 맞추더라

다 함께 경제적 기반을 다지는데

긍정적 변화를 기대한다면

폭넓은 대화로 차별 없는 세상을 기약할 것이여

궁핍함에서 벗어나려고

모든 인종이 손과 발을 맞춰 나선다면

기본소득까지 보장되는 아름다운 세상이 창조될 것을

● Martin Luther King(1929~1968) 침례교 목사, 인권운동가

Ice land 옥자

예술가들

음악, 미술을 통틀어
예술이라면 광범위한가?
체육을 포함시키면 예체능으로 통합이 가능하네

예술엔 우선 타고난 재능이 보여야지
어디서 갑자기 떨어지는 게 아니여,
후천적으로 목표를 향한 연습도 중요하네

나 같은 사람은 워낙
그쪽엔 재능이나 재주, 재치나 잠재력이 안 보여
애초에 무관심했었어

오죽하면
기본 점수 10점으로
만족했겠나, 속이 쓰리고 아파

우리나라를 짊어질 음악가로 윤이상®을 꼽고 싶은데
그가 어떤 정권에 박해를 받지 않았다면
세계적으로 결과는 놀라웠으리라

정명훈,
조수미도 좋아
대중가수 중에도 예술의 경지에 도달한 이도 있지

천경자도 있지만
이응로●화백을
반석 위에 올리고 싶어

그도 어떤 정권에 고난을 당하지 않았다면
우리나라를 대표하는 화가,
작가로 세계적 명성을 떨쳤으리라

예술적 재능을 마음대로 발휘하도록
사회적으로 국가적으로 지원해 주는 풍토가
나라의 미래를 표징하는 시대를 강구하세

● 1917.09.17. 경남 통영 ~ 1995.11.03. 독일 베를린
● 1904.01.12. 충남 홍성 ~ 1989.01.10. 프랑스 파리

짜면 짠 냄새가 나네

운동회에서 개인 또는
양 팀으로 나누어
각종 게임에 들어간다

공굴리기
줄다리기
제기차기

배구
줄넘기
축구
코끼리 코

이런 경기에서 나이에 맞게
능력에 어울리게 희망에 따라
나름 적극적으로 출전을 하게 되니
시합에 임한 동문에겐 누구에게나 상품을 안기네

제기차기에서 짝을 지어 횟수를 세어주는데

상대방에게 후함을 주며 서로 간에
차기 횟수를 불공정으로 짜면

'어딘가 짠 냄새가 난다'고
심판이 농담 삼아 말을 한 것이
나에게 잔잔하게 심금을 울리네

글을 써보겠다고 촉각을 곤두세우고 있던 터라
어떤 것이라도 경각심으로 메모하여
기억에 담아두게 되노라

같이 가면 가치가 생겨

아름다운 동행*이라는 말이 있어
동력자가 좋아
협력*이 효율적일 거야

외로이 한 발짝씩 100보보다는
여럿이 한 걸음씩
100보를 내디디면 웃음과 화합이 돋아나 좋아

가치 있고
의미 있는 일이 무엇인가?

삶에 무의미함보다는
보람 있고 행복이 넘치는 것을 찾으며
대문을 열어보는 적극성이 필요하지 않을까

혼자 보다는 같이 가면
나도 모르게 '가치 있는 삶이 이런 거구나'
하고 느낄 때가 있어

그래서 '같이 가면 가치가 생긴다'고

짜 맞추기를 하지만

얼핏 옳은 해답이라고 생각이 되네

<hr>

● Basic Community Church (베이직 교회) 조정민 목사가 진행하는 것

● 協力 collaboration, 콜라보

초등 한마음체육대회

야야야!!!

움직여야
먹어야
정직해야
즐겨야 산다

웃고
뛰놀자

그리고

하늘을 보고
생각하며
푸른 내일의 꿈을 키우자●

삶과 앎이
알차게 영그는
모두가 행복한 학교에서

초등 한마음체육대회에서
우리 동문들은 반갑게 만나

건강을 지키며
평소에 가꾼 기량을
맘껏 뽐내노라

● 서원초등학교 '플래카드와 안내판'에서

중학교 시절

시골에서
읍내로 유학의 기회를 얻으니
부모님을 잘 만난 덕이라 아니할 수가 없네

나의 동급생들은 가난으로
거의 중학교 진학에 실패를 하던 시절에
유학이라니, 이보다 더 큰 호강이 어디 있으랴

초등학교에서 한글만 뚫어 졸업을 하면
천지 사방으로 흩어져
취직하던 시절

전문지식이 필요 없는 다양한 직종에서
돈을 벌어 살림에 보탬을 주던 가난의 세월이
추억으로 돌아오네

이런 열악한 분위기에서
중학교를 다니며 복습과 예습으로
무작정 밤새워 공부를 해본다

영어에 흥미가 살아나고
인성과 성적이 돋보이는지
담당 여선생님이 나에게 주목하던 수업시간

수업 중에 교단 앞으로 나가
친구들에게 영어를 가르쳐 보라네
절호의 기회를 활용하는 것은 나의 권리와 책임

그런 과정으로
남모르게 지도를 받아
공부에 더욱 가속을 붙이니,

이런 게 정규학교의 공부라는 것을 느낌으로 깨닫고
감동을 먹게 되는 꿈같은 얘기가
중학교 시절이라 크게 외쳐 보네

거기서 덤으로
실외 전체 조회시간에 총지휘를 하라는데
이보다 더한 유익하고 즐거운 일이 어디 있겠어

그러나
담력과 용기, 발표력 부족으로
그 좋은 기회를 붙잡지 못하는구나

여기도 슬픔이 배어 있지만
이런 아픔과 외로움이
품격 인격 성격 성장의 계기가 되기를 바라네

시골에서 올라온 초년생 1학년 때는 간신히 합격의 문을 넘었지만
열심히 성실히 꾸준히 불철주야 학업을 연마하여
2, 3학년엔 특수반*에 들었다네

모든 걸 영어선생님을 비롯한
다른 교사, 스승, 멘토에게 감사드리며
꿈 많던 시절을 이렇게 회상해 보련다

---

* 요즘 같은 평준화 시대에는 성적순으로 갈라놓는 것은 금지되어 있으나 그 당시엔
  특수반(우등반)은 한 반, 나머지는 보통반(열등반)으로 양분되던 것이 대세였다.

남북 교류와 평화

2018년은
뜻밖에
평화의 해가 되었어

4월 27일
5월 26일
9월 18일에

눈코 뜰 새 없이
남북 정상이 만나서 가슴을 터놓고 얘기하는
역사적 정치적 사건이 벌어졌으니

다른 해와는 비교가 안 되게
평화무드가 조성되니
쭈욱 남북이 하나 되는 계기로 삼네

남북정상회담*에 힘입어
남북 교류가 급물살을 타며
누구나 평화를 말하는 냉전 해소의 나날이여

금강산 관광
백두산 관광을 꿈꾸어 보니,

개성공단이 기지개를 켜며
평화주의자들의 마음을
마냥 들뜨게 하고 있네

반통일, 반민주
반북, 반공, 좌파, 빨갱이, 친북
친일, 우빨, 친미, 수꼴을 과감히 물리치자

세계사적 시대의 흐름에 발맞춰
6, 70년대의 냉전 사고를 청산하세

불의, 이전투구, 발목 잡기,
상호 반목을 넘어
친일, 친미, 식민주의자를 설득하네

평화와 자주,

인권과 통일로
급격히 다가가는 희망을 담아보네

평화와 통일로 가는 길목에
학교 현장으로 날아드는 연수 일정도 많아
시간이 되는 대로 참여하는 게 바람직할 거야

● 문재인 대통령과 김정은 국무위원장 간에 회담

병 원

여러 가지 질병을 호소하며
너도나도 어림짐작으로
병원을 앞 다투어 찾아가네

병원을 운영하는 분들은
의과대학을 졸업하고
전문의로 활동하네

히포크라테스가 명령한 대로
의술에서 인술을 베풀려고
노력중이여

나는 피부가 안 좋아서
거기에 해당되는 병원의 문을
많이 두드렸어

피부에 뭐가
많이 돋아나서
외과에서 간단한 수술도 받아보았지

그러다가
B-type 간염이라는 진단이 나와
소화기내과에 정기적으로 다녔네

거기에 설상가상으로
가족병력에 힘입어
당뇨가 발견이 되었어

계속 정기검진으로
CT촬영까지 나가다 보니
비용이 만만찮아 중간에 개인병원으로 옮겼네

오래전부터 잘 알고 지내는 집이라
다른 예방접종도 무료로 해주고
아주 친절해 좋아, 감사해

병원을 수시로 드나들며
의사들의 노고를 생각하고
그들의 앞날에 행운을 기원해 보는 심정이네

나 그 네 길

인생은
나그네길이라고
누가 이르던데

오늘 아침
길을 묻는 나그네가 있어
친절로 다가갔네

저기 높은 건물이 이곳 랜드마크®인데
그쪽 지역을 일컬어 경포해변이라 한다고
상냥한 어투를 동원했지

여기서 2~3분 거리
거기 가면 넓은 주차장도 기다리니
마음 놓고 보며 즐기며,

아는 만큼 느끼고
감동을 머금으라고 일갈하네

그러나 인생은 나그네길
무언가 낯설고 친근감이 많이 떨어지니
현지인인 내가 적극적으로 안내를 해본다

경포해변, 경포호수, 경포대
참소리박물관, 선교장, 오죽헌
매월당 김시습기념관에서,

한 묶음으로 즐거운 추억을 간직하여
오늘도 기쁜 하루 만들라고 하며
빠이빠이● 외친다

인생은 나그네길이지만
한 번뿐인 삶
늘 보람으로 행복을 담기를 기원해 보네

● landmark 경계표, 표지물, 두드러진 특색
● bye-bye의 강한 작별의 인사

교육개혁 운동

1981년 교직에 문을 두드려
탄광촌에서 1985년 동쪽 바닷가
오징어의 고장 주문진으로 출발이네

강릉으로 진입하여
전교협*에 가입인데 비교육과 반인권
굴종과 반민주를 떨치자는 시도여

그때부터
기득권 보수주의자들이
착한 나를 색안경을 잔뜩 끼고 보는 상황

이듬해
다시 교육개혁 운동으로 상향 조정된 노동조합
전교조*에 가입으로 정의의 봉우리에 우뚝 섰네

누구의 권유도 없이
나의 철학과 교육이념, 원칙과 상식에 바탕을 두고
운동의 심장부 점령

1,500명 이상이 해직되는 아픔을 겪고
5년이 지나 겨우 복직의 길에 들어갔지만
새로 시작하는 중견교사들의 마음은 심히 아팠었지

나는 여러 상황을 고려하여
잠시 탈퇴 각서를 쓰는 수모를 당하며
직위해제, 해직, 파면의 위기를 벗어났었네

'강제 보충수업을 버리자,
담임 특별수당을 위해
학부모로부터 강제갹출을 하지 말자,

자율을 빙자한
강제 주야간타율학습을 지양하자'
라고 전국 교육대지에 울림을 주면서 30여 년의 세월

이제야
희망자에 의한 자율 분위기로 변환이 되었으니
참으로 기득권 세력의 마수는 끈질기네

민주개혁진보혁신 교육감의 당선과
다시 정치 교육 문화 사회 인권적으로 정의를 세우는
민주 정부의 영향으로,

서서히 변화는 도래하지만
그동안 축적된 철옹성은
허물기가 백골난망이리라

'시작이 반이다'라는 신념으로
속도보다는 아이들에게 희망을 주는 방향으로
교육개혁은 계속, 교육은 백년지대계라

● 전국교사협의회
● 전국교직원노동조합

교실 이야기

가르치고 지도하고
안내하며 따라 배우고
촉진시키며 늘 깨닫는 선생이 되고,

교사가 되어
스승과 멘토®의 경지로 거듭나는 곳이
교실 현장이라고 생각해

여기서 갖가지 이야기가 펼쳐지니

소통과 공감, 동감과 배려
이해와 깨우침이 일어
그것이 감동으로 이어지게 마련이여

고민과 역경으로
삶에 의욕을 상실한 아이가 존재하는 한
학부모와 교사, 웃어른과 지역사회는 일심동체로,

새로운 궁극적인 방향을 제시하여

그 아이에게
구조의 손길을 뻗어주어야 하네

학습공동체 교실에서는
어떤 이야기, 어느 논쟁거리라도
경청의 대상이야

역지사지의 정신을 근본으로
앞으로 크게 성장할 아이들에게
구김살을 주어서는 안 된다는 사명감이 불타오르네

오늘도 갖가지 활동이 지속되어
장래에 희망과 행복을 담으려는 원대한 목표와
꿈이 서려 있는 곳에,

교실 이야기는 풍요롭고 윤택할지니
희비가 엇갈리는 교육공동체의 중요성은
아무리 강조해도 지나침이 없으리

  안 아들 테리마커스를 보호해 주도록 부탁했던 지혜로운 노인의 이름에서 비롯되었
  고 오늘날 조직에서 도움을 주는 사람을 멘토라 함
  mentee 도움을 받는 사람

글 쓰는 날

올해는
희망에 부푼 2019년
황금돼지해라서 그래

무언가
행운이 닥칠 것 같은 기분
모두가 그럴 거야

학교에서도
2015 교육과정이 적용되다 보니
수업시간표에 대폭 변화가 왔네

5일 수업제, 학과일정
시간표를 만드는 작업에 고민이 역력
목요일에 강의가 한 시간도 없어라

그래서
목요일을 유효적절하게 이용하는
두뇌작전에 돌입

우선
제1회 도서출판 기념회를 개최해서
부담 없이 애독자들을 모아서 사인회를 가졌네

그 다음으로는
독서 및 연구하는 시간으로 짜다보니
여유와 자유가 곁에서 춤을 추네

이제 본격적으로
목요일엔 글 쓰는 날
생각과 메모에 의한 글쓰기로 일필휘지가 돌아가네

처음엔
'뭐 이런 시간표가 있나?' 했었는데
곰곰이 생각을 거듭하니 생애 최고 시간표라

버스킹*

요즘 갑자기 통용되는 말로
거리공연을 버스킹,
거리에서 공연하는 사람은 버스커라 한다네

근래 버스킹이
유행의 바람을 타듯
거리, 여기저기서, 학교에서도 울려오네

말을 참 잘도 만든다
지나간 말로는 퍼포먼스*
프레즌테이션*이라

오늘 나는 버스커로 나선다
동문체육대회
장기자랑에서 대상을 받은 것을 발판으로,

학교행사의 일환으로 벌어지니
교사, 선생님, 스승의 한 사람으로
동참의 큰 의미를 담아,

천연 잔디 대운동장 한가운데서
성황리에 진행되어
춤, 노래 애호가들의 관람을 부추기네

숨겨진 특기를 자발적으로
공개된 장소에서 보여준다는 것은
다양성을 진작시킨다는 방향 제시가 아닌가 생각해

아무나
누구나에게라도 멍석이 깔려 있으니
확 열려 있는 기회를 잡아보세, 기회는 한 번이여

- busk, busking하는 사람은 busker
- performance 성과, 공연, 수행, 상연, 연주
- presentation 발표, 설명, 표현

출퇴근 시간

'시간은 사람을 기다리지 않는다.
시간은 화살처럼 날아간다.
시간은 금'이라 했던가?

출근시간이 빠르다고
뭐라 잔소리한다
나의 오래된 습관이니 누가 말리랴

좀 더 빠른 움직임으로
사무실에 도착해
연구와 독서로 시작하여 하루를 열어주네

'땡교사'가 있어서
세간에 입질에 올라 문제가 되더니
난 퇴근시간을 지나 여유 있게 정문을 나선다

모두가
시간에 쫓기지 말고
주어진 일정에 충실히 임하면 얼마나 좋을까?

외국어와 국어

영어라는
외국어에 신선하게 접근한 것이
그 옛날 50년 전이네

중학교 시절에
처음으로 영어를 대하고
나도 모르게 희열이 돋아났었지, 취향이 그쪽이었나 봐

기억하건대 담당 여선생님이
성실 근면한 나를 어여삐 봐주셔서
오늘날 영어에 큰 흥미와 관심을 갖게 된 계기가 되었지

평생의 소명으로 영어 과목을 담당하는 나는
영어보다 mother tongue인 국어에 집중하라는 얘기를 강조하면서
더불어 한자, 중국어, 일본어에도 심혈을 기울여,

세계로 굳세게 뻗어나갈 것을 권유하네

한민족으로 첫발을 내딛는 우리로서는

국어를 통달하는 것이 우선이며

영어는 의사소통의 수단으로 이용하면 될 것이여, 중요 과목이네

세종대왕이 주신 세계적 언어인 국어도 모르고

누구나 중요하다고 말한다 해서 맹목적으로

영어에 접근할 필요는 없으리

자전거

자전거●는 달린다
발을 잽싸게 페달에 올려 저으면
앞으로 전진이다, 비탈은 날로 먹네

중등 시절에 우연히
언덕을 이용하여
슬쩍 다리를 올리니 잘도 나갔었네

이제는 나의 출퇴근용 자가용으로 쓰여
시원한 바람을 가르며
아침햇살을 비추다가 저녁노을을 넣어 주네

지금 타는 자전거는
아내가 초등 동문회 체육대회에서
행운의 당첨 상품으로 갖고 온 것이라

다리와 팔, 어깨와 허리에 힘을 주어서
온몸으로 운동 삼아 달리면
그날의 기분이 무심결에 좋아지리

출근길에 정문 언덕을 올라보며
그동안 발에 얼마나 힘이 붙었는지를
판가름해 보네

경비실을 담당하는 학교보안관
주무관께서 한마디 하셔
"그 나이에 대단하시네요!"

교통 복잡한 승용차를 멀리하고
너도나도 공기오염 없어
건강에 좋다는 자전거에 몸을 실어 보세

● 걷기, 등산, 수영, 자전거를 유산소운동의 4대 요건이라 일컬음

JSA를 넘어서

　버스표를 예매하여 여유를 갖고 지정된 시외직행버스에 오릅니다. 비가 올 듯하여 우산을 챙깁니다. 유비무환의 신념으로 챙겼지만 막상 비는 내리지 않습니다.

　맑은 하늘에 기분 좋은 하루가 시작됩니다. 버스 기사님도 친절하십니다. 서비스업에 종사하시는 분들의 사명이 뭔지 일깨우는 시간이 되었으면 합니다. 보통 대체적으로 불친절을 몸과 입에 달고 다니는 분들이 많기 때문에 드리는 말씀입니다.

　지정석에 자리를 잡으면서 스마트폰에 메시지를 훑어보고 밖을 보아가며 일상을 챙기고, 보고 생각나는 대로 메모도 합니다. 글을 쓰는 사람으로서 메모는 삶의 거의 전부를 차지한다고 해도 지나친 말은 아닙니다. 책을 펴들지만 목표한 대로 잘 진행이 될지 궁금하여 글이 눈에 잘 안 들어옵니다. 알맞게 춘천터미널에 도착하여 2차 행선지를 대니 화천이 아니라 양구 표를 줍니다. 의아하지만 그것을 주섬주섬 챙겨 플랫폼으로 가서 기사님에게 물어보니 맞다는 얘기에 안심이 되어 도착지점을 살핍니다.

춘천터미널 청소아줌마가 화장실을 청소하며 옥수수를 드시는 장면을 목격하고 노동자들의 열악한 환경을 눈여겨보게 됩니다. 30분 정도 시외버스를 타고 내려서 도보로 15분 걸려 최종 목적지에 도착하니 30명 연수생 교사 중에 최고로 일찍 도착입니다. 생각대로 착착 진행이 되어 기분이 좋아 회의실에 차분하게 앉아 나머지 요원을 기다립니다. 11:30쯤 구내식당에서 점심을 먹고 양치질을 하며 입소식을 대비합니다. 구내식당의 친절이 몸에 밴 주무관님들과 사랑과 배려로 연수생을 맞이하는 팀원들의 모습에 통일부의 밝은 미래가 보여 다행입니다.

기대와 설렘이 교차하는 시점입니다. 오후 첫 시간부터 북한과 남한의 시대상황, 정치 경제 문화 교육상황이 등장하여 그동안 듣고 기억한 것을 토대로 재미있고 유익한 연수를 시작합니다. 북한에서 15년 전에 넘어와 통일부 교수 및 강사로 활동하시는 정 선생님의 강의에 감동이 넘칩니다. 지금까지 수차례의 강의를 들어보았지만 이렇게 따발총으로 머리에 각인이 되는 강의는 처음입니다. 그 강사님에게 다시 한 번 존경과 찬사의 박수를 보냅니다. 그리고 음악에 대한 전반적인 인문학적 개요를 정성들여 강의해 주신 정 교수님에게 고맙다는 말씀을 드립니다. 음악을 지루하지 않게 그렇게 재미와 유익하게 듣게 된 것도 처음입니다. 존경과 감동의 손뼉을 칩니다.

이제 4일차 과정으로 야외활동에 들어갑니다. 전방으로 향하게 되고 철책이 나옵니다. 남방한계선은 말뚝으로 표시되어 있습니다. 수년 동안 산천초목이 인걸은 간 데 없어 무성한 가운데 자꾸자꾸 끝없이 북으로 북으로 들어갑니다. 설렘과 긴장이 교차되는 순간입니다. 유엔군 경비초소에서 신분증을 내밀어 검문을 받고 문대통령이 김위원장을 만난 판문점으로 향합니다. 가까이에 판문각이 남쪽 연수생들을 기쁘게 맞이합니다. 판문각 쪽에는 관광객이 있을 때만 북한 안내 군인이 눈에 띈답니다. 많을 때는 하루에 400~500명이 전방 관광에 나선답니다.

군사분계선이 선명하게 드러납니다. 정상회담의 합의로 군인은 무장을 완전 해제하고 남북 연합군 사무실은 텅 비어 있습니다. 문대통령이 넘어갔다 넘어오는 숨 막히는 장면을 연출한 것이 기억에 납니다. 남북연락 통제사무실에 들어가 실내에서나마 북한 땅을 밟아보는 감격을 누립니다. 다른 연수생들은 스마트폰으로 셔터를 누르느라 정신이 없지만 나는 묵상에 잠기며 그때 그 모습을 평화와 통일로 연결시키는 환상을 그려봅니다.

눈을 돌려보니 정상회담을 기념하여 식수한 나무와 '평화와 번영을 심다'라는 표지석이 보여 반겨주고 예쁜 소나무에 내력을 살펴봅니다. 무엇을 상징하듯 1953년생 나무랍니다. 그 옆으로 파고드니 전 세계의 방송과 5대양 6대륙을 진동시킨 도보다리 남북정상 비밀회담장이 보입니다. 그 자리를 영원히 보존하려는 듯 포장을 해놓았습니다. 가서 앉아보려던 애당초 계획은 물거품입니다. 통일각은 시야에 안 들어왔습니다. 자유의 집과 평화의 집은 시야에 잡혔지만 근접을 막아 멀리서 바라만 봤습니다.

5일차 마지막 날로 탈북 주민(50대 김 씨, 40대 이 씨)을 직접 만나 다양한 질문과 대답을 청취하는 시간입니다. 진솔한 면을 보여주어 앞으로 남한에서의 생활에 희망을 던진 두 분에게 고맙다는 말씀을 전달합니다. 수료식을 마치고 역순으로 15분 걸어 시외버스를 타고 춘천터미널에 도착하여 모밀국수로 점심을 때우며 강릉행 버스를 기다립니다.

공동경비구역 JSA(Joint Security Area)를 기대를 걸고 가보았지만 모든 게 통제로 일관하여 그 기대가 와르르 무너지는 기분으로 언젠가는 그 구역을 넘어 문대통령과 김위원장, 트럼프가 넘은 선을 지나 판문각까지 가는 시점을 구상하며 어떤 것, 무슨 일이든지 넘어보는 모험을 걸어보는 것이 중요하고 어렵다는 것을 마음속에 담아보고 미래에 발전을 바라봅니다.

기념품을 살 수 있는 곳도 없어서 안타까운 마음입니다. 북쪽에서는 외화벌이로 판문점을 이용한다지만 우리는 그렇지는 않더라도 작은 선물이라도 구경할 수 있는 곳을 마련하여 잠시 휴식시간을 갖게 하자는 제안을 외람되게 해봅니다.

남북 간에 평화와 번영을 심어 멀지 않은 시기에 통일이 성큼 눈앞에 나타나기를 희원합니다. 그러나 이번 연수에 말로만 듣던 판문점 근처를 가본 것이 기쁨이고 감격이며 보람입니다. 언론에서 너무 많이 보아서 그런지 흥분은 안 됩니다.

고한은 탄광촌

80년대 초, 중반을 건너면서
탄광지대 고한은 전국의 중심지처럼
돈과 사람이 몰리던 곳이었지

돈육*이 최고의 인기 상품으로
입을 통해 잠입한 탄가루를 씻어내는데
효능이 있다는 소문이 있기 때문

들썩이는 물건과 인산인해 속에
조금만 관찰의 눈초리를 돌리면
작은 시냇가를 보게 되는데, 물이 까맣게 흘러가네

그래서 그곳 아이들은
물이 검은색이라고 말할 정도니
지금 생각하면 안타까움이 배어 나온다

이제 35년 이상의 세월이 흘러 다녀보니
맑은 물이 흘러가
시대의 흐름에 감탄을 자아내게 돼

석탄산업 합리화 정책으로
무연탄이 사양화*됨으로써
그런 결과를 가져온 곳이기도 하지

그러니
일상엔 언제나
명암이 있게 마련인가 보다

인구도 급격하게 줄어들고
삶에 활력이
많이 떨어진 느낌

지역주민에게 다른 일터를 마련해준다는 의미로
지금은 강원랜드 카지노가 운영 중이라
일자리 창출에 다소나마 도움이 되네

시냇물이 흑에서 백으로 상전벽해 되었듯이
삶의 터전에도
활기가 다시 살아나기를 빌어보네

나의 추억 한 토막

지금도 기억에 남는 것은
중 · 고등학교에 같이 발령을 받은
동기들이 함께 '정암사'를 오르던 것이 생각나,
그 당시 정부시책으로 시행되던 웅변대회에 심사를 맡았는데
시대상황을 반영하듯 반공에 대한 내용이여
회상해 보면 어둡던 시절이리라,
지금은 웅변의 목소리를 듣기가 어려워 아쉬움이 조금은 남아

● 豚치 특히 '삼겹살'을 가리킴

● 斜陽化 새로운 것에 밀려 점점 쇠퇴하고 몰락하게 됨

소 몰기

강원 횡성지역
첩첩산중, 꼬불꼬불 비포장도로
어느 시골 마을에서 태어나

어릴 적부터 농사일터를 보면서
자란 나는 안 해 본 것이 없을 정도로
갖가지 일에 손을 대며 발품을 파네

김매기에다
밭에 풀 뽑고 뜯어내기,
논에 피사리하기

햇볕의 강렬함으로
온도가
섭씨 35도를 오르내리는데도 불구하고

캐기에는 감자, 고구마, 야콘
뽑기에는
콩, 팥, 파, 부추, 당근, 무

따기에는
오이, 호박, 가지, 고추, 토마토, 수박
털기에는 벼, 보리, 조, 수수, 콩, 깨

베기에는
벼, 보리, 옥수수 대궁, 깨, 조, 밀, 호밀, 수수
심기에는 모, 배추, 무, 고추, 파

몰기에는 소, 닭, 토끼, 강아지
소는 아주 친근한 동물
순종을 잘 하니 가까이하기엔 안성맞춤이라

소죽을 끓이고
소꼴을 베어 오며
때로는 몰고 나가서 직접 풀을 뜯기네

소는 등록금의 원천, 새끼를 낳게 하여 잘 기르면
막대한 돈이 쏟아지지만
늘 농부들의 땀을 상기하는 마음이 앞서네

수확물을 일정한 장소로 이동시킬 때
무거운 짐을 옮길 때도 소가 동원되고
때로는 우차*라 하는 수레도 끌고 다녀

이래서 소의 유용성은
이루 말하기가 힘들 정도로 많이 나타나
소 몰기의 보람이라네

* 牛車, 보통 시골에서는 마차(馬車)라 부르기도 함

상°자로 끝나는 말

상상이 지나치니 망상이 되었네
착상이 되었지만 그것도 환상으로 그쳤어
가상에 담아 몽상으로 진척되었지만

고상하다는 평가에 연상작용이 전개되네
피상적으로 흐를 가능성이 점쳐졌지만 다행히
외상으로 마무리되어서 내상은 지나갔네

명상에 잠기다가 묵상으로 연결되어
세상이 놀랄 만한 정상에 우뚝 섰네
이상하다 싶더니 비상이 걸리고 말았어

공상에 빠져 허우적거리다가 현상에 만족하여
일상으로 돌다가 중상을 당하리라 예상했지만 또한
경상으로 다가오니 얼마나 좋아, 신상파악에 나섰는데 선상에 있
더라

호상으로 선친이 돌아가시니
옥상에 올라 함성을 질러

진상은 이제 끝이라 술상을 보라고 하네

기상조건이 어떻게나 마음에 드는지
겸상으로 놓으라 했어
밉상이지만 총상과는 거리가 있어

대상에 접근이 된다는 풍문이 있었지만
금상까지 나가네
은상에 더하여 동상까지 다 쓸어 버려

특별상으로 응답이네
우수상까지 수상을 하려다가
그건 하극상이라 양보했었지

동영상을 보니
오만상이 많은 수정을 거쳤어
신원미상이라 모두가 오해를 주고받네

과대망상은

휴지통에 버리라고 했더니
그게 설상가상이 될 줄이야

● '상'이라는 글자, 상字

닭이봉 사랑나무

부안 채석강, 격포항 주변을 둘러싼 동산이 있어
운동을 하러 관광객 주민들이
기분 좋게 오르는 산이여

'닭이봉'이라 하지만 친근한 말로 바꾸면 '남산'
아름다운 정자도 있어, 농어촌마을이 한눈에 내려다보이지
전망대 역할도 겸하여 '봉수대'가 되기에 충분하네

거기에
'사랑나무'가 다소곳이 서 있으니
나무끼리 얽혀서 연을 이어주는 신기한 나무여

그렇게 꼬여서 사랑의 향기를 풍기는 것을 일컬어
나무줄기가 사랑을 하면 연리목
나뭇가지가 사랑을 주고받으면 연리지

지상이 싫어 지하에서
뿌리가 서로 사랑의 속삭임을 연결시키면
연리근이 되는 것이여

우리 인간 세상사에서도
서로 소중히 여기며
허깅하고,

반갑게 악수를 나누면서 상대방의 마음을 읽어
배려하는 마음으로
사랑나무를 닮아 가면 어떨까?

사랑으로 얽혀 하나 된 나무
너무 사랑해서
세상만사 다 좋겠어

선비와 상인

글을 읽는데 시간을 다량으로 투자하여
세상 물정을 보는 눈이 어두운 선비를
서생이라 하지

독서의 후광에 기대어 다양한 문제에 봉착하여
자신의 사상적 철학적 이념적 교육적 인식에 바탕을 두고
깨우침을 갈파하니 이를 두고 서생적 문제 인식이라 칭하련다

매일 고객을 대하는 상인은 현실을 직시하여
현시점에 맞는 감각을 겸비하는 것이 절대적으로 필요하니
이를 일컬어 상인의 현실감각이라 해

의쌰의쌰 하며 호기롭게 때려 마시고
피우고 왁자지껄 떠들면서 어깨를 걸고 하던 것은
힘들겠지만 이젠 옛 추억으로 돌리세

시대적 역사적 사회적 격변의 시기에
부지불식간 충격적 변화의 소용돌이에 휩싸여 있는 건
전 세계적 관점이며 경제상황이 아닌가

100세 시대를 겨냥해
요즘 건강 문제가 온통 화두로 등장하니
걷거나 뛰다가 쓰러지고 자빠지면 안 되잖은가

자동차 문화에 극단적 이기주의가 팽배해 있고
거기에 저녁이 있는 삶이 설득력을 얻으며
가정교육의 중요성이 조금씩 살아나면서

어울림보다는 귀가 쪽에 무게를 두는 경향이
짙게 나타나는 상황을 감지 못하는 상인들은
이유도 모른 채 울상이니 이를 어쩌나

주머니를 안 푼다고 생난리잖은가
서생적 문제 인식으로
빨리 간파하는 것이 바람직해

70, 80, 90년대 중반까지 자영업 천국이었지
명품 브랜드가 고객의 호기심을 한껏 자극했었거든
마진이 엄청났으리라 예측되네

오죽하면 떼돈 번다고
교직을 박차고 나가는
호랑이 담배 피우던 시절로 거슬러 올라가네

최저임금이 왜 문제가 되나, 도둑 양반의 심보가 작용했겠지
200 벌던 거 150만 정당하고 합리적으로 챙기면서
50은 풀며 공생하자는 얘기지

적폐 상태에 있던 정치 경제 교육 사회 제반조건이
정상으로 돌아가는 데
많은 시간이 걸릴 것이 뻔한 데도

그걸 인내하지 않고
대안 없이 비난만 하며
상황을 읽지 않고 반대만 하는 것은 몰염치한 발목잡기네

은퇴 설계교육 재취업 과정에서 강사가 얘기하는데
앞으로 커피 천국인 우리나라도 조만간에 '억하는 지옥의 날'이
닥칠 가능성이 농후하다고 장담하더라구

그래서 문제의식을 갖고
상인의 현실감각을 충족시켜
난국을 극복하자는 것이여

인생은 정비공이다

누군가 인생을 논하며
'인생은 정비공'이란 얘기를 듣고
그렇다 수긍을 했었지

인생은

정'답도 없고
비'밀은 절대 없을 것이며 더군다나
공'짜는 결코 없다는 사실이여

나이에 주눅이 들 필요가 없으니
'내 나이가 어때서'라고 힘주어 말하며
매사에 도전정신을 보이는 게 좋아

얼마나 재미있는 인생을 꾸몄으면
그게 휘파람 불며 놀러 가듯이
'소풍 같은 인생'으로 전환이 가능하겠지

그러면 즐거운 대인관계 형성으로

마음에 드는 친구들이 마구 굴러 들어와
'천년 지기'가 되어 '보약 같은 친구'로 거듭나네

인생사 늘 좋은 일만 생기는 것은 아니니
때론 실망스러워
'미운 사내'로도 보일 수가 있을 거야

그러나 절망을 넘어
고난을 극복하는 인생에 더 큰 행복이 닥치리라
기대하며 '나도 한땐 날린 남자야'라고 외쳐 보세

인생이 돌아가는 방향과 실상이 각각
다르게 나타나 보이니 자세한 것은
'묻지 마세요'로 화답하리

어릴 적 부모
조부모의 살림살이에
밝은 빛이 비친 날이 드물었지만

그래도 '동동 구루무' 하나쯤은 갖고 있으면서

'고장난 벽시계'●로

세월의 흐름을 한탄하네

● 대중가수의 노래제목으로 읊어봄

박살나는 세상

취미를 살려
국내외 영화를 가끔씩 보며
인생을 성찰하게 되는 계기를 만들어 보네

'보헤미안 랩소디'를 보라
'바울'을 보는 게 좋아
'완벽한 타인'*이 어떨까?

하지만 영화에 대한 취향이 각자 다르니
어느 영화를 보고 느낌을 가슴에 간직할지는
영화 애호가*의 결정에 달렸지

나는 '완벽한 타인'을 골라
양일간에 걸쳐
두 번을 보았어

물론 아내 몰래 본 것이 먼저여서
아내가 그것을 정했을 때
안 본 척하며 그냥 따라갔었거든

sns 시대의 명암이 그대로 노출되어
아무리 가까운 처지에서 생활을 할지라도
가장 먼 타인이 될 수도 있다는 중요한 교훈을 얻게 돼

스마트폰에 의한 비밀이
시한폭탄이 된다는 것을
그냥 어렴풋이 짐작은 했지만

이렇게 삶이 산산조각이 나서
세상사 속속들이
박살이 날 줄을 누가 알았겠는가?

공적인 삶
사적인 삶
비밀의 삶이 있다고 하지만

과연 어떻게 경계를 분명히 할 수가 있나?
사람의 본성은 월식 같아
잠시 가려졌을 뿐

또다시 급하게 그것을 드러내는 게 바로 사람이야*

인생은 정비공이라 했던가?

정답은 없다
비밀은 없다
공짜는 없다

너무나 매정한 삶이 앞에 놓여 있지만
자주 왕래가 없는 먼 친척보다
이웃사촌으로 웃으며 살아가세

* 세 가지 영화 제목
* film maniac
* 완벽한 타인 intimate strangers의 대사

자본주의 사회에서

공산주의에 대칭되는 말이
자본주의라는 것을 아는 사람이 별로 없으면서도
자본주의 국가니 돈이 모든 것을 좌우한다고 넘겨 짚어버리네

자본주의와 대조되는 말이
독재주의라고 오판하는 경우도 허다하니
이런 지형에서 무슨 정확한 진단이 나오겠나?

우리나라가 자본주의 천국임을 인지하고
수단, 방법 안 가리고 돈을 축적하면 되는 줄 알면서
마구 긁어 담으니,

이게 다름 아닌
천민자본주의의
전형임을 인정하라

오죽하면
조물주 위에, 건물주라나
호된 비아냥거림이 있음을 직시하자

자본가로 살려거든
합리적으로 사리에 맞게
이웃을 생각에 넣으며,

사회지도자적 위치에서
모범적으로 활동하면
이웃나라 갑부들이 감탄의 눈시울을 적실까?

기업주나 종업원이나
사회와 국가에 헌신한다는 원대한 꿈을 안고 생활을 하다 보면
자연적으로 가정에도 큰 소득으로 웃음꽃이 피리라

단순히 일하고 월급을 받는다는 일념으로 삶을 영위하면
노동의 가치도 깨닫기 전에
육체적으로 정신적으로 지치는 것은 필연이지

자본주의의 원래의 개념을 주고받으며
언제나 작업장에 기쁨과 보람이 넘치기를 희망하고
정당한 땀의 대가가 주어지기를 기대하노라

노동은 신성한데

주어진 조건과 상황 하에서
땀 흘리며 일하는 것을 노동이라 한다면
노동은 신성한 것이라 정의를 내려 마땅하리

그런데 혹자는 그 신성시되는 노동을 노가다*라고
무시, 멸시, 경시, 경멸, 천시하면서 거기에 접근을 막으니
땀의 대가를 바라며 열성으로 일하는 사람의 심정은?

아마 그렇게 오도된 논리를 펴는 사람은
노동을 육체적인 것에 국한시키는 우를 범하는
졸장부일 것으로 판단되네

노동은
직접 귀중한 몸을 움직여 진땀을 흘리는
육체적 노동과

소위 말하는 내근직으로 두뇌회전에 따른 사무를 보며
정신적 소모를 많이 저지르는 경우를
정신적 노동이라 칭하면 무리가 없겠지

나도 '전교조'에 가입을 안 했을 때는
노동이면 노가다로
육체적 품을 파는 사람으로만 여겼거든

다 함께 노동의 대가를 정당하게 받으며
기쁨과 웃음으로
땀의 결실을 기다리세

● 토목공사에 종사하는 노동자를 가리키는 일본어 '도가타(どかた)'에서 온 말

학벌이 뭐냐

학벌이 밥 먹여주나!
학벌이 무엇보다 중요한 취급을 받는 시대에
학벌이 신통하지 않으면 대우를 받기가 어려워

그래서
누구나 대학의 문을 두드려
열려는 마음이 하늘을 찌르네

비생산적이지만 어느 나라보다 진학률이 높게 나타나지

우연은 아니야
사회 분위기가 그쪽이니
그냥 순리대로 따라갈 뿐이야

그렇다고 친구 따라 강남 가기는 삼가자
목표를 갖고 적성에 맞춰
탁월한 선택이 중요 조건이겠지

학부를 졸업하면

학사 학위를 받아 일차 관문 통과로
아직 끝은 멀었어

상아탑의 명예를 걸고
대학원에 진학을 하여 등록을 하면
석사, 박사과정에 돌입하네

쉽게 되는 일은 없어
엉덩이를 진득하게 붙이고 계속 연구를 하며
석사 학위를 받고 좀 더 활동을 하면,

박사 학위가 주어져
최고 학벌의 계급 형성에 일조를 하여
세상이 잘 풀릴 것이라 기대를 하지만

사회는 그렇게 호락호락한 곳이 아니야
박사위에 밥사, 술사•가 있어
대인관계의 중요성을 일깨워주네

늘 감사하는 마음으로

봉사에 심혈을 기울이면

그게 인생사 보람과 행복의 증표가 아닐까?

● 농담 속에 진담을 나타내는 말

올림픽

1988년에
서울 올림픽이 있었는데
잘 기억이 안 나는 걸 보니 관심도 부족했었지

이유는 잘 모르지만
아마도 주최 측과 의견이 사뭇 다르다는 것도
십분 반영이 될 거야

그러다가 세월은 30년이 흘러
2018년 1월부터 3월까지 계속 올림픽으로
평창과 강릉의 현장이 한껏 달아올랐지

갖가지 구경거리를 제공하여
직접 관람도 하면서
외국인도 만나는 의미 있는 시간

메달도 중요하지만
세계 속에 우리나라가 함께 어울려 톱니바퀴처럼
돌아간다는 사실 자체가 감동이여

경기장 주위에 있는 시민들은
너무 혼잡하여 불평을 터뜨리고
나름 불편도 많았겠네

그러나 좀 양보해서
국가적 대사라는 것을 앞세우면
큰 문제는 눈 녹듯이 해결의 실마리가 잡혔을 거야

우리나라 사람들은 국제 축구
월드컵, 프리미어리그
이런 것에 지대한 관심을 표명한다는 사실

이번 동계 올림픽에서
여러 가지 결과물을 내놓지만
성공이니 실패니 가늠하기는 일러

제3자적 입장에서
심사숙고하여 깊이 관찰한다면
실보다는 득이 훨씬 많은 것으로 판단이 되네

나의 사무실에서

학교도서관 담당으로 배정을 받아
학생들에게 도서대출 및 반납의 전형을 보여주려
노력을 하면서 벌써 4년여의 세월이 흘렀네

영어교사로서 처음으로 도서관에 배치받고 보니
어안이 벙벙하였지만
내심 나의 능력을 인정받는다는 느낌도 있었지

새로운 분야를 개척한다는 자신감으로
운영의 효율적인 방안을 연구하고
경험자에게 얘기를 듣고 자문을 구하면서

서서히 자리를 잡기 시작하니
재미와 보람이 살아나
이젠 도서관을 운영한다는 자부심마저 생기네

내 사무실로 지정이 된 곳은 2동 4층 외딴 건물
교사들이나 외부인들의 출입이 드문 곳
이름하여 '도서연구실'로 명명했지

그전엔 교과교실 담당자가
교재를 준비하는 것으로 사용되었던 곳인데
이젠 도서관 담당자가 전용하는 사무실이 되었어

도서관장으로 다양한 활동을 하다가
올해부터 사서교사가 발령을 받아
대부분의 도서관을 맡아서 일하는 상황에 이름

처음에 어색하고 어려웠던 도서관 업무가
재미와 보람으로 점차 전환이 되는 시점에
마무리를 해야 된다는 시간이 조금씩 다가오네

열린 창문을 통해 사무실로
새가 날아들고 때로는 쥐가 돌아다녀
찍찍이 쥐덫으로 그놈을 붙잡기도 한 기억이 새롭네

앞으로도 계속 읽기와 학습에
도서관이 중추적 역할을 하기를 바라며
학교의 영원한 발전을 기대해 보네

통일인데

이 모양 저 모양으로
이제 남북 화합적 분위기가 무르익어가는 시점이라
평화무드는 지속되리라 기대하네

남북을 가르는 한강이 유유히 흘러
바다로 빠지며 한민족에게 손짓을 하여
좌우를 경계 짓는 쎄느강에게 친절히 인사를 건네네

어떤 것에 크게 영향을 받았는지
좌우로 때로는
남남이 갈등을 일으키는 정치적, 교육적 여건이 계속되어

화합을 바라는 대다수의 국민들에게
눈살을 찌푸리게 하고 있음은
만인이 아는 사실로

식당에서 짬뽕, 우동도 툭하면 통일을 시키면서
왜 언제까지 한민족의 남북은 하나로 안 되고
아웅다웅 싸우고만 있을까, 한탄과 탄식이 앞을 가리네

70년 이산가족으로 살며
삼팔선, 휴전선을 가슴에 아로새겨 놓은 상태에서
그 장벽을 허무는 용기와 담대함은 어디 갔나?

설렁탕, 육개장, 짬뽕
우동, 라면, 짜장면
돼지국밥, 콩나물국밥, 순대국밥만 획일적으로 통일시키지 말고

우리의 숙원인 민족통일 평화사업에도
일치된 언행을 보여주기를 희망하면
과욕인가? 답을 말해보라

걸, 걸, 걸

요즘 뒤를 돌아보며 더듬어본다는 의미로
농담 삼아 '걸, 걸, 걸'하는 얘기를 하면서
좌중에 한 소절을 던져주는 것을 보게 되지

평소에 생각했던 것을 아차 순간에
임기응변으로 적절하게 못했던 것을 되짚으며
'잘할 걸'이라고 되뇌게 되는 걸

원만한 대인관계로 알맞게 외출을 하며
시간이 허락하는 범위에서 '즐길 걸'하며
마음먹은 대로 즐기지 못한 것을 후회하는 경우도 있어

'원수까지도 사랑하라'는 주님의 명령대로
사랑을 실천하려 하지만 뜻대로 안 되어
'사랑할 걸'하며 주위가 허전함을 한탄하게 되네

가족이나 친족, 지역주민이나 이웃에게
소망과 희망으로 배려하며 소통하다가도
일이 잘 안 풀리면,

상대를 원망하고
불평을 터뜨리기가 십상인데
이럴 때 '참을 걸'하며 뉘우침을 하게 되네

일상사 바쁘게 움직이는 현실에서
상대의 마음을 읽고 잘 대해주기가 생각처럼 쉽지 않아
그냥 지나치기가 쉬운데

이럴 때 좀 더 신경을 써서
관심을 갖고 '베풀 걸'이라고
잠시 묵상하게 되지

자신의 주변 상황도 대처하기가 수월하지 않은 요즘
상대에게 무심하고
그냥 모른 척하고 지나가다 보면

오해가 쌓여 기분을 상하게 하는 사례가 나타나게 되어
그 순간 '용서할 걸'하며 조금 늦은 사과를 하게 되지만
안 하는 것보다 나은 것이여

퇴임에 대한 소고

탄생부터 시작하여
초등을 거쳐
중학을 나오니,

고등학교를 어디로 갈까
결정을 하는 시기
아버지가 담임교사를 만나 담판을 지어

중·고 병설학교를 벗어나
다른 곳으로 가게 되어
현장에 적응하며 열심히 학습에 임하게 되네

장래 희망이 막연한 가운데
예비고사를 강원, 서울 두 지역으로 국한시켜
합격을 하니

이제 정말로 인생의 항로를 어떻게 개척할까?
라는 말이 저절로 가슴속에 울려 퍼져
신중한 결정이 기다리고 있네, 선택의 기로

가족, 친지, 담임 선생님, 친구, 일가
주위 여러분들의 권유에 의거
나의 적성에 맞게 사범대학을 선택하기에 이르렀지

학사 학위로 졸업을 하고
중위계급장을 달고 28개월의 군대를 마치니
이제 영어교사 발령을 받을 때가 도래했네

첫 발령 지역이 탄광촌
장화 없이는 다닐 수가 없는 오지
주변 환경이 너무 안 좋아서 다른 지역으로 옮길 생각이 앞서네

그렇게 하여
영동으로 터전을 잡아
오늘에 당도하게 되었지

어언 40여 년을 공직에 있으며
교육전문노동단체 전교조에 가입하여
혁신적인 인물로 떠오른 것 말고는 특별한 일 없이,

이제 세월은 유수와 같이 흘러
정년퇴임할 시기가 서서히 다가와
담담하고 홀가분한 기분을 숨길 수가 없어라

이게 뭐지?

세상사가 순리대로 안 풀리니
정의가 불의로 다가가
무엇이 옳은지를 모르는 혼돈 상태의 지속이라

냉소적, 염세적 반응이
예서제서 일어나
상대방을 난처하게 만드는 때가 많네

여기서 레기*라는 말이 태어나
현시대를 가혹하게 잘 반영하고 있으니
인레기, 목레기, 방레기가 뜨더라

이게 뭐지? 기레기, 장레기, 교레기
군레기, 사레기, 회레기
그냥 이런 식으로 붙여 불러보면서

좀 더 깊이 성찰하는 기회라면
얼마나 좋겠어!
그것을 계기로 '악의 구렁텅이'에서 벗어나세

또 피아라는 말도 떠도는 데
그것은 마피아●의 피아
유토피아●의 피아에서 유래하는 말로 통용이 되니

요즘 가장 사용이 짙은 것이 교피아인데
철로 사고가 나면서 철피아라는 말도 떠돌아
동물의 왕국 주피아●라는 말도 있더라구

레기와 피아에서 탈출하여
보다 정감 있고 아름답게 다가가는
국가, 사회를 건설하는데 힘을 보태세

● 쓰레기를 줄인 말, leggy 또는 reggie는 아님
● mafia의 fia
● utopia의 pia
● zoopia 우리말로는 '피아'지만 영어로는 엄격히 구분되니 유의

이제 떠나야 할 나의 정들었던 교문

군대를 마치고
이제
교직에 발을 내디딜 순서라네, 38년 전 이야기

국립 사범대학 출신이니
의무로라도 학교와 연을 맺어야 한다는 당위성이 발동되지만
나는 그런 의무적 채무적 강압적 분위기를 떠나,

성격과 적성, 개성과 재능이 그런 쪽이라
주저 없이 아이들을 만나는 방향으로
쉽게 결정을 내렸거든

그 당시엔 그래도 대학을 졸업하면
취업의 문이 광대하여 직업을 갖는 문제엔
별로 특별한 고민이 없었던 것으로 기억되고 추억에 남네

제대 후에 잠시 묵상의 시간을 갖고
교육청을 찾아 전역 신고를 했더니
바로 발령을 내주네

젊어서, 장래가 희망이 넘쳐서
갈 길이 많아서
참 좋던 시절이라 회상되네

그렇게 세월은
화살처럼 날아가더니
이제 떠나야만 하는 종착점에 다다랐네

호적으로 만 62세가 되면
군말 없이 다른 지점으로 가는 것이 순리라네
정년을 맞아 은퇴를 하는 시기에 이르렀거든

근 40년의 공무원 생활로
군에선 장교로 부하들을 지휘하고
학교에선 영어교사로 아이들을 가르치고 안내하며,

지도하고 촉진시키며 그들의 미래를 조금이나 밝게 해주려고
노력했던 꿈같은 시절을 아름답게
사랑하는 후배 교사들에게 물려주고

이제 나는

그동안 정들었던 교문을 미련 없이 떠나려네

모두 안녕이여!!

깨달음

전공과목을 깊이 연구한 결과로 대학을 졸업한 사람이
게으르지 않고 조금만 관심을 갖는다면
아이들에게 지식을 전달하기는 쉬운 일

전달받은 지식을 자신의 몸에 익혀
표현하도록 하는 데는
무언가 다른 노력이 필요하지

그냥 단순하게 '공부해라' 해서는
말귀를 트이게 하기가 어려워
그래서 동기를 부여하는 것이 첫 단계라

동기가 생겨나면 거기서부터
목표 설정이 이루어져
자신의 생각과 의지를 지속시키게 되는 것이여

목표를 어렴풋하게나마 그려보며 이루어지는 단계는
개인차가 많이 발생하여
초등서부터 고등학교까지 다양한 경계점이 벌어지게 마련,

즉 느끼고 깨닫는 과정이 빠르고 느리다는 것에
큰 격차가 벌어진다는 얘기
되도록 일찍 성숙함이 전면에 서면 좋은 일이야

특히나 요즘 애들은 도통 얘기를 들을 생각을 안 해
경청하려는 마음자세가 부족해
자신의 짧은 사고를 실생활에 적용하니 실수가 연발이여

잘 듣고 그런 방법과 내용을 수용하여
그것을 감사한 맘으로 되새겨 풀이하면
학교생활이 얼마나 즐겁고 유익하겠나?

그렇다고 해서 독서를 하는 것도 아닐진대
듣기라도 잘 해야 그게 본연의 올바른 자세
깨닫고 감동을 먹어 가정교육에서 놓친 것을 여기서 복구하네

교육 노동자

세 사람이 걸어가면
그중에 한 사람은 스승의 역할을 한다는 것이
통설이리라

'三人行, 必有我師, 세 사람이 걸어가면 그중 한 명은
반드시 내 스승이 있다'라는 말로 바꿔 써도
의미의 변함없이 그대로 전달이 되네

그래서 배움이 일어나는 현장엔 늘
수요자인 남녀노소 학생이 있는 게 당연하니
교육을 담당하는 노동자로서 최선의 노력을 경주하네

교육을 하는 교사, 스승, 멘토가 듣기에 거북하게
'노동자'라 부른다고 뭐라 하는 몰상식의 토로자가 있지만
교육 노동자는 '정신적 노동자'에 속함을 깨우치라

흔하고도 진부한 말로 노가다라 통칭하지만
이것은 일본어에 근본을 두고 있으며
땅을 파고 건물을 올리는 사람으로 국한시키는 경향이 있어

이들은 '육체적 노동자'에 해당되는 바, 학교생활을 불량하게 하면
양식 없는 교사는 그에게 "너! 노가다할래?"라고
경멸, 천대의 눈초리를 보내는 실수를 저지르지

이는 편향된 시각으로
육체적 노동자에게 비굴한 멍에를 씌워
인간 대접에서 제외한다는 의도가 포함되어 있네

가르치고 안내한다는 사명으로
소명을 담아
끝까지 주의 깊게 들어주면서,

면담과 상담의 수준으로 끌어올려
교육을 정성껏 한다면 사육의 개념에서 벗어나
양육의 희망이 움트리라

매주 '장애인'을 어떤 시설에서 데리고 와
교회 합동 예배에 참석시키는 일을 거듭하는데
그런 아이들까지도 잘 보살피는 교육적 책임감이 태동하길

'전환반'이라는 명칭으로 구별하여 부름을 받는다 해서
소홀히 하거나 무시하지 말고 일반 고등학교 장애인들에게도
한없는 관심과 지지, 성원을 기대하네

시간 계획에 따른
학습과 연구, 탐구의 결과물은
각자 노력과 환경에 따라 다르게 나타나지만

역시 의자에
엉덩이를 얼마나 진득하게 붙이느냐에 따라
성과는 천양지차로 벌어질 것이여

교사, 가정, 지역사회, 국가가 하나 되어
국민 생활에 편의를 도모하는 대들보를 길러내도록
충실한 교육 노동자로 거듭날 것을 다짐하네

교사*는 많아

유아원, 어린이집부터 시작하여
고등학교, 대학까지 또 대학원, 일반 연구기관까지 하면
배우고 가르치는 데는 너무 많아, 역할이 중요하다네

성경으로 말하면 빛과 소금의 역할
말씀 따라 행동으로 옮기는 과정에서
진위가 밝혀지게 되지

교직원회의를 한다 해 놓고
엉뚱한 얘기를 일방적으로 시종여일하기에,
나는 그것을 회의라 하지 않고 모임이라 칭하지

의미를 담지 못하고 다른 방향으로 왜곡 전달이 될 때는
벌떡 일어나 나의 다른 생각과 철학을 말하니
이름하여 '벌떡교사'의 역할이라

교사도 공무원이다 보니 정해진 시간에 출근과 퇴근이 이루어져
나갈 시간만을 기다리다가 시간에 맞추어
그대로 달음박질치는 것을 '땡교사'라 부르고 있어, 지금도 진행 중

전교협, 전교조에서
민족, 민주, 인간화 교육을 부르짖어
참교육이라는 것을 널리 알리게 되었네

거기에 부수적으로 따라가는 것이 '참교사'여
어떻게 언행을 보이는 것이 참인지 각자 생각을 하여
반드시 참된 것으로 실천에 옮기기를 바라네

진정한 교사로 선생님이 되어
스승님으로 존경을 받고
그 경지를 넘어서면 멘토에 다다르게 돼

우리 모두 멘토의 역할로 사랑과 존경을 듬뿍 받아
밝은 학교, 아름다운 내일을 창조하는데
밑거름이 되어 보세

● tutor, instructor, guide, teacher, professor, facilitator, educator, trainer, master, pastor, leader

여기 벽이 있어

벽은
외부와 내부를 차단하는 역할,
벽이 없으면 너무 불안해 삶이 어려워

벽은 외풍을 막아주는데
벽을 등지고 있으면 사이가 안 좋아
벽을 허무는 작업도 필요해

벽의 장, 단점을 논하며
벽으로 돌진하여 들어가니
저기 쌍벽을 이루는 두 성인이 보이네, 공자와 맹자

국가를 위해 헌신하다가
또 불의의 사고로 숨져 그것을 기리는 행사가 있으니
추모의 벽이며 기림 벽이네

매일 살아가면서 즐거울 수만 없는 것,
때로는 상대와 틀어져서 벽을 쌓는 경우도 있어
주위를 안타깝게 하니 속히 마음의 벽을 허물어 버리세

2018 동계 올림픽에서는 특별한 행사로
평화를 기원하는 의미를 담아
평화의 벽을 세우는데 각계 인사들이 힘을 모으네

전쟁을 막는 전쟁의 벽은 아직 없으니
통곡의 벽에서 전쟁의 슬픔을 되새기며
영원토록 평화를 갈망하고 소원하네

빈곤에서 벗어나고자 각고의 노력을 기울여
빈부의 경계선을 허무는 것이 필요해
빈곤의 벽을 부수고 다 함께 온기를 나누세

외침을 막고 전쟁에 승리를 기약하고자
성벽을 쌓아
커다란 장벽을 만드는 것이 상식이나

민주적 데모, 시위, 집회를
강압으로 막으려는
불순한 의도를 품은 차벽도 설치했었지

워낙 벽창호라 '벽을 문이라 내미는 것'도 있어
일찍이 그런 악의 근원을 끊어 선을 바라보며
희망과 평화의 벽을 건설하세

강릉에서

나의 삶의 터전 영서지역에서
대관령을 넘어
영동 바닷가 강릉으로 우연히 발걸음을 놓았네

우연이라지만
내심 탄광촌에서 깨끗한 도시를 물색하다가
걸린 게 강릉이여

지금 지내고 보니
나름 선택을 잘 했다는 생각,
그야말로 탁월한 선택이네

태백선에 몸을 싣고
바닷가를 돌아 달려오니 비린내가 코를 찔러
생전 처음 느껴보는 바다 향기

당시엔 명주군 주문진읍,
강릉에서 꼬부랑길을 타고 버스로 도착한 곳
지금은 광폭으로 휑하니 뚫렸네

그래서 강릉에 자리를 잡은 지
어언 34년의 세월이 흘렀어
아들 형제는 성장하여 외지로 나가 활동이여

이제 퇴임을 하면
고향으로 갈 거냐? 묻는 사람들이 늘어나,
답하기가 곤란한 상황이네

그냥 발길 닿는 곳에서
정붙이고 살면 그만인 것을
왜 자꾸 고향, 지역으로 나누려고 하는지 모르겠어

아내는 바다와 강, 호수와 산이 함께 조화를 이룬
강릉이 마음에 들어 고향 길은 염두에 없다네
강릉에서 이웃사촌으로 봉사하며 살련다

노벨*은 어디에

노벨은 죽어서
세계 모든 분야에서 연구 실적이 있는 사람에게
격려 차원의 상금을 주어 의미 있는 연구를 이어가게 하지

매년 연말이 되면
특이한 이력으로 노벨상에 접근하는 학자들이나
연구자들이 등장하여 이목을 집중시키네

우리나라는 2000년 12월 10일에 김대중 대통령께서
남북정상회담을 성사시켜
평화에 노력한 결과로 노벨상을 받았지

노벨상 수상을 방해하려는 의도를 가진 자도 있었지만
세계인들이 지지하고 성원하는 분위기에서
당당하게 그 상을 거머쥐었네

문학 분야에서는 꾸준히
후보로 오르는 작가가 있었지만
아직도 노벨상의 기미는 안 보여

인문학,

자연계열 분야에 많은 인재들이 있어도

노벨상에는 멀리 떨어져 있다는 게 문제여

의학, 의료 분야에 종사하는 두뇌들이 많은데

자신의 앞길을 헤쳐 나가기에 분주할 뿐

그 방향으로 연구는 미진한 상태라 안타까워

앞으로

두뇌가 집중되어 있는 그런 분야에서

노벨상이 왕창 쏟아지기를 기대하네

● Nobel(1833. 10. 21. 스웨덴 스톡홀름 ~ 1896. 12. 10. 이탈리아 산레모) 스웨덴의 폭발물
  발명가, 화학자, 노벨상 제정

삐삐 시대라면

한때 연락체계를 갖춘다는 뜻에서
삐삐라는 이상한 물건을
옆에 차고 다니던 시절이 생각나네

'삐삐삐' 소리가 울리면
몸 어디엔가 숨어있던 것을 빼거나 꺼내서
어디서 왔는지 번호를 확인해

그러면 공중전화를 찾거나
어디 사무실에 들어가
전화를 걸게 되거든

그렇게 유용하게 쓰이던 공중전화가
자취를 감춰
길 가다가 가끔 눈에 띄는 것이 쓸쓸해 보이네

삐삐 시대는 짧게 지나가서
그 시절이 있었는지
기억이 가물가물

그 시절에 어떤 이는 자랑삼아
몇 백짜리 대포폰을 들고 다니며
신기한 모습을 보이기도 했어

그러다가 일반인에게 퍼진 것이
손전화, 휴대전화, 핸드폰,
셀폰, 휴대폰, 셀률러폰*으로 불리는 것이네

밀기식,
접이식으로
일명 '멍퉁이'라 불러

손, 발 있는 사람은 누구나 운전을 하듯이
이 휴대전화도 한 가정에 두 대에서
한 사람당 한 대씩 소유하게 되는 것이여

이런 유행을 타고 소비자들은
전자회사에 황금알을 안겨주는 시대,
전화를 휴대하고 다니는 것은 일상이 되었네

호기심을 끄는 모든 기능이 장착되어

장난감이 된 스마트폰은 누구나 소지하고 다니는

필수품이 되었지

어떤 이는 그래도 삐삐 시대를 그리워해,

스마트폰의 단점이

알게 모르게 많이 나타나기 때문일 거야

문명의 이기에 너무 빠져들기보다는

그것을 적절하게 이용하는

지혜가 필요해, 그래서 스마트야

● 휴대전화 celluar phone, cell phone 세포식으로 구획된 지역 곳곳에 무선국을 설치
   한 이동 전화 시스템

라면

밀가루로 제조된 먹을거리를 떠올리면
누구나 라면을 떠올리고
때로는 칼국수, 만두를 상기하게 되네

갖가지 라면을 출시하여
기쁜 마음으로 소비자에게 다가가려고
광고 터에 불이 나지

나는 밀가루로 된 음식은 무척 좋아해서
라면도 그 축에 진입하지만
나의 질병, 당뇨병엔 안 좋다네

그러나 가끔씩
또 생각 없이 종종 자주 먹게 되지만
여기서는 다른 특이한 라면도 찾아보려구

영어에서
'~라면'이 있어
조건 구문, 부사절을 쉽게 이해시키려는 방도야

if가 그런 의미를 갖고서
학생들의 구미를 당기는데
이 대목을 학습할 때 라면을 그리게 되지

even if가 되면
'~지라도'가 되어서
의미가 확 변하네

라면이건 당면이건
자장면이건 그러면 이건, 먹을거리 건 영어 건
재미있고 맛있게 처리되면 좋겠어

라면이 어디서 시작되었는지
궁금해서 물어보면
우리나라, 일본이 뒤서거니 앞서거니

읽으며
공부하고 토론하며 밑줄 긋기를 하는데
그게 꼬불꼬불이라면 '라면언더라인'•이라 이름 붙여

'~라면'을 학습하며
떡라면, 김치라면, 즉석라면을 생각하고
부대찌개에 라면사리를 얹으면 그렇게 맛이 끝내줘

해운대라면
뭐가 생각나?
난, 해수욕

너는?
인산인해
물 반, 사람 반

• ramyeon underline

가사실에서

여기엔 특별실로
'해파랑실'이 있어,
또 그 건물 내에는 가사실, 합주실, 회의실

본관을 1동
후동에는 2, 3동이 별도로 지정되어서
각각의 역할을 담당하네

내 사무실은
2동 4층에 자리 잡아
조용하고 아늑한 분위기를 자아내지

그쪽으로 5월부터 공사가 시작되어
'다목적실'이 조만간에
위용을 드러낸다네

좁은 공간에 자꾸 건물이 들어와
주차시설로 사용되던 것이
점차 자리를 양보하는 상황, 왕래가 불편해

외진 곳에 서 있는
가사실에서 3학년 아이들이 오랜만에 만나서
요리를 하네, 이름하여 학교 내 소풍

어떤 학생이 '된장찌개'를 끓였는데
보통 이상의 맛이 있다고
거기에 이목이 집중되는 정황

어른인 교사보다
솜씨가 뛰어나다는 평가에
우루루 소비자 미식가들이 몰려드네

다 함께 알맞게 식자재를 분배하여
각자 앉은 자리에서 요리를 하면서
점심을 먹는 광경이 눈에 확 들어오네

선유도공원*에서

인천 영종도에서
아들 며느리 가족을 만나
나의 생일상을 준비한다고 분주하게 움직이네

서울 지역으로 향하여
장남의 안내로 한강변에 도착,
많은 인파에 정겨움마저 느껴지네

저기 유채꽃이 보이네
자리를 깔고 담소를 나누는
정다운 가족들도 많이 눈에 띄어

한강변에서 정취가 살아나는 선유교를 건너
선유도에 도달하니
선유정에서 많은 행락객이 이야기하며 쉬고 있네

섬나라인데
얼핏 다리를 건너오니
외딴 섬이 아니라 아름다운 낙원이라는 생각

도심에서
생태환경이 사람과 어울려 숨을 쉬는
선유도공원은 또 하나의 삶의 터전

여기저기 돌아다니며
얘기하고
사진도 찍으며 주말의 여유와 자유를 가져보네

어느 쇼핑몰에 이르러
저녁 음식을 섭취하고
다시 인천 아들네 숙소로 향하네

차남의 안내로 막국수 집을 찾았는데
마음은 한가지인 듯 식당이 꽉 찼네
기다리는 고객이 여기저기

그래서 쌈밥집으로 긴급 바꿔서 들어갔는데
거기도 역시 만원이여
50분을 기다리라네

가족의 소중함을 간직하는
이렇게 소중한 시간,
작은 배려에서 큰 행복을 찾아보네

仙遊島公園 한강의 선유도에 조성한 국내 최초의 재이용 생태 공원. 서울시 영등포구 양화동 소재의 서울 서남부에 식수원을 공급하던 11만 407㎡의 부지에 설치된 정수처리장의 구조물을 재활용하여 다양한 수변 식물과 생태 숲을 즐기는 자연 생태 교육과 체험 장소로 이용되고 있음

클래식에 빠져

음악을 좋아해
부르기를 즐겨 교회 찬양단에서
매주 테너 역할로 크게 부르네

댄스 풍으로 트로트*를 선호하니
어디를 가나 나의 18번지로
관객이나 청중에게 막춤과 노래를 제공하네

초등 모임에서
대상을 받아
이제 초대가수로 등극

버스킹에서
유행하는 노래를 불러 호응을 얻으니
학교축제에 추천 가수로 나가게 되었어

나이를 들어감에 따라
대중가요에서
클래식으로 바꿔주는 게 좋다는 생각도 드네

사천진리 바닷가에 아늑한 찻집 페르마타[●]

그곳 사장님의 사비[●]와 배려로

클래식의 진수를 맛볼 기회를 가졌네

영화음악에 진입한 곡을 들어보고

설명을 하며,

정말로 그때 그 시절을 떠올려 감동이 살아나

지역여건상

클래식에 정통한 강사를 모셔온다는 것도 어려운데

금상첨화로 강사와 관객이 하나가 되네

좋은 느낌으로 클래식을 접할 기회를 주신

페르마타 사장님에게

문화인이 된 기분으로 이 자리를 빌려 감사하네

[●] trot 대중가요의 한 형식

[●] fermata 두세 배 길게 늘여 연주하라는 뜻으로 여기서는 찻집 명

[●] 私費 private expense

영어교육연구회에서

At the Middle & High School English Education Research Association:

Gangwon Secondary English Teachers' Association(SETA) under the KOSETA held learning course for the English teachers in Gangwon Province annually, so a large number of teachers participated in the meeting this year.

I appreciate the authorities concerned who offered me the good and efficient opportunity to listen and learn from the another capable instructors or teachers.

I hope that many teachers will take part in the effectual lecture and presentation next year, expecting them to heighten or exalt the improvement of English 4 skills much more than ever before.

I wish you good condition and better family happiness. Bye—bye.

작가의 생각

"강원 중등 영어교육연구회"에서는 매년 발표대회 및 토론, 강좌 모임을 개최하여 강원도 내 영어교사들에게 많은 배움의 기회를 제공함으로써 경쟁과 차별을 넘어 이해와 포용을 앞세우는 세계 시민 양성에 주력하고 있어서 타 교과에 비해 두드러진 관심사항 으로 등장하고 있음

강원 평화교육 심포지엄

올림픽을 겨냥하여
급속히 건설한 경포호수 옆 호텔에서
먼저 도착하여 기분 좋게 등록을 하네

안면이 있는 선후배 동료 교사에게
반갑게 인사를 건네며
대강당에 진입이네

바짝 긴장된 마음으로
오늘의 심포지엄을 기다리는데
어떤 대학 아무개 교수가 사회자로 나타나

첫 순서 기조강연자로
존경하는 오슬로대학 박노자 교수를 소개해
우리나라에서 몇 안 되는 진보인사

나의 용기 있는 질의응답으로,
막대한 국방비를 쏟아붓는데
전시작전권 환수를 반대하는 심리는 뭔지?

오슬로대학 북한 학생들의 통일에 대한 생각
탈북자의 삶을 물어보니,
하층 노동자로 어려운 생활을 한다네

북핵 폐기 및 포기의 정도를 질문하니,
미국을 비롯한 선진국의 폐기가 우선이라고 답해
드디어 내가 바라던 대답이네

언론이나 방송, 진영논리에 의한 남남갈등이
심각한 수준인데 그것을 극복할 방안을 물어보니,
다른 정당으로의 정권교체에 의한 물거품을 걱정하네

우리 안의 분단의식이
문제임을 자각하며
백낙청 교수*의 생각으로 들어가자,

"남북 관계의 개선 · 발전을 통해
북한을 교류 · 협력 및 궁극적 재통합의 대상으로 보는
국민 의식의 변화"를 요구하며

끊임없이 '빨갱이, 종북' 공세를 펼치면서
"관습헌법으로서의 '이면 헌법'을 믿고 온갖 부정부패와 국정 농단을
일삼아온 무리들을 응징하고 무력화시켜야 한다."라고 강조했네

제1세션에서는 다양한 계층의 출연,
일본 기자 호리야마, 조선족 서영빈 교수, 탈북자 주승현,
20년 거주 인도인 럭키, 나름대로 가슴 속에 평화의 큰 울림을 주네

모두가 한반도 평화의 마중물을 기대하며 오지혜의 사회로
개그맨 박영진, 교육감 민병희, 민화협 김홍걸 의장,
평양 방문으로 한반도가수가 된 정인이 나와 대담을 진행하니

남북 학생, 교사 교류에 희망을 걸며
각자 분단의식을 버리고 평화를 다지는 쪽으로
교사의 역할이 중요하다는 인식에 함께하네

호텔에서 행복한 휴식을 취하고
아침 일찍 잠을 깨워
경포호수를 3바퀴 돌아 충분한 운동으로 삼네

뷔페로 아침 식사를 하고
제2세션으로 문을 여는데 송 교수의 사회로
유라시아의 꿈을 제시하는 박흥수 기관사에 열광이네

철로로 여는 평화의 메시지에 감동이 넘쳐,
앞으로는 주철종도°가 될 거라는 예측을 내놓아
곧 통일이 될 듯한 흥분, 설레는 순간의 연속

'나는 빠리의 택시운전사' 홍세화의 경험,
어떤 식당에서 만난 불가리아인이
'우리는 서로 이웃'이라 말하네

그런데 우리는 한민족인데 왜 이렇게 거리가 멀어
여기에 미국 영주권자 진천규 위원장의
금강산 여행기가 허전함을 잠재우네

현 문재인 민주정부에 들어와
다방면에서 기대 이상으로 남북 왕래가 잦아지니
'국가보안법'이 무력화 단계에 들어간 기분

그런데 아직도 '강냉이죽'이라고 말하는 것을 보면서
북한을 바로 알아야겠다는 생각에
냉전사고 시대의 세뇌교육에 절망하네

교육청에서 나온 주순영 선생의 증언은
좌중을 숙연하게 했고
자신도 그때를 떠올리며 울먹이네

90년대 초 공안정국에서
초등학교 포스터 그리기에 나타난 인공기가
빌미가 되어 '안기부'가 괴롭히던 시절

그러나 굴욕과 굴종에서 벗어나
꿋꿋한 교사로 우뚝 서는 것으로
교사가 바뀌어야 한다는 것에 동의하네

끝 순서로 종합토론에 들어가게 되는데
애초 계획은 연수자 상호 간 토론이 준비되었으나
시간이 허락하지 않아 약식으로 종료되었네

그러면서 사회자가 한 말이 기억에 나아,
평화통일, 평화 통일이 아니라
평화, 통일이 차분하게 순서대로 이루는 것이 좋겠다

송 교수의 경험에서 정리된 내용도 수긍
'상상하기로 공감하기, 이어서 용기 내기'로
삶을 헤쳐 나가자

'내 일이 없으면 내일이 없다'
nomad의 삶을 나무랄 수는 없지만
no made가 될 정도로 무기력해서는 안 되지

연수를 게을리 하는 것이 현장의 추세니
나의 강력한 사상을 내지른다면 성향을 분석하여
60, 70년대 냉전 사고에 머문 교사들을 중심으로 평화교육에 동
원시키자

● 1938년 1월 10일. 대학교수, 영문학자, 문학평론가, 사회운동가
● 주가철도, 일반 도로는 종속적임

뻐꾸기˙노래

봄이 되면 좋아
날이 일찍 밝아, 겨울 새벽은 암흑이여
환하니까 아침에 운동하기가 편하고 상쾌해

이른 새벽을 깨워
아침에 만나는 운동꾼들에게 인사하니
하루가 밝게 보이는 걸

뛰며 생각하며 정신과 몸을 다지는데
저만치서 커다란 새가 움직여 인사하지,
노래도 불러줘

울음소리라 부를까
노랫소리라 할까?
아름다워, 잠시 시골 고향을 떠올리며 향수병에 걸려 보네

뻐꾹뻐꾹 뻐뻐꾹
흔하게 들어 흘려버릴 소리는 아니여, 여름을 알리는 소리
새들의 메아리가 자연의 소리를 대신하네

새들이 함께 우짖는 소리는
그만큼 주위 환경이 살아있다는 증거
생태계를 생각하며 뻐꾸기 자태에 귀를 기울이네

저 언덕배기 작은 숲에선
꿩이 꿩꿩 소리 질러
존재가치를 커다랗게 드러내 보여주네

새소리에 뒤질세라
지나가는 길가에 있던 개들도 쳐다보며
집중하라 손짓하네

짖어대는 소리가 조금 시끄럽지만
그래도 그것이 자연의 소리를 경청하며
음정을 맞추니 조화가 바로 이런 것이여

풀과 나무가 소생하는 봄
모든 것이 기지개를 켜
'나 좀 봐줘!'라고 소리쳐 봄봄봄 봄이란다

오늘도 뻐꾸기 노래에 장단 맞춰

한껏 즐거움을 뽐내는 하루가

나의 중심이 되게 하네

● 두견목 두견과에 속하며 한국 전역에 찾아오는 흔한 여름새. 머리·턱·등은 청회
색, 멱과 윗가슴은 회색, 배는 흰색에 짙은 회색의 가로무늬가 있다. 주로 곤충을 먹
으며, 특히 송충이 등 모충을 즐겨 먹을 수 있도록 위벽이 발달했다. 번식 후에는 남
하한다.

상응*이란?

상응한다는 것은
무언가 어떤 현상에 빠져들어
그것과 어울리며 어깨춤을 같이 추는 형상이네

서로 응하거나 어울려
상호간 기맥이 통하니
의견의 일치로 다가감이라

좋아서 응한다는 말로도 해석이 되니
기대에 부응하여 얼마간 결과를 나타내 보일 때,
그것은 상응하고 부응한 소득 잔치가 아니겠나?

나의 이름이 '응상'*인데
이것을 부친께서 논어 술이편에서 가져왔다는 말씀을 하시며,
소중한 이름이니 이름값을 톡톡히 하여 매사 자신감을 가지라 했네

응상이니 상응과 비슷한 의미로 터득을 하여
각박하게 돌아가는 공동체 사회에서 불협화음을 가라앉히는 역할로
나의 이름을 반석 위에 올리려네

correspondence

fitness, consistency

suitability

이런 단어들이 적합, 적부, 일치, 부합, 정합성

부응, 무모순성, 상응, 어울림, 적당으로 연결되어

조화를 창조하는 밑바탕이 되니 꼭 필요한 말로 머릿속에 담아두네

이게

compliance, cooperation까지 이르면

모든 게 만사형통으로 화통하게 통하리라

상응과 부응에서 조화를 이루었으니

나의 이름 응상에도

언제 어디서나 향기를 뿜어 빛과 소금이 되기를 희망하네

형님의 하루

나에게는 처가로 아내를 포함하여 장모님, 2녀4남이 있는데
첫째 형님은 역사와 전통의 이조족발 사장
둘째 형님은 기업체* 회장으로 귀여운 외손주를 두었지

그리고 사랑하는 아내, 교회가 일터, 알파, 실버스쿨, 경조부장
밑에 처남은 남다른 재주가 있다고 칭찬을 많이 받았는데
지금은 자영업으로 현실을 타개하네

처제와 동서는 긴급구조대로 ambulance* 운영
막내 처남은 먼 통근길로 둘째 형이 경영하는 회사에서
현장 책임자 중역으로 일하네

여기서는
장모님의 입에서 온 동네 자랑거리로 등장하는
둘째의 경우를 살펴보려 하네

강원도
어느 시골에서 태어나
소싯적부터 남다르게 천재적 재능을 보여주었다네

어릴 적 생활은
어찌 되었는지 잘 몰라
그러나 소문은 좋은 것으로 누구나 얘기하기를 좋아해

똑똑하다
예의바르다
붙임성이 있어 좋아라

희망이 보인다
가정 집안을 일으켜 세울 기둥이다
그러더니 서울로 유학의 길에 들어서네

어릴 적 생활
됨됨이를 보니
될성부른 관상이라 점쳤지

상업고등학교를 가야 삶의 길이 열릴 거라는 예측으로
거기를 우수한 성적으로 졸업하더니
중소기업에 취직이네

그거에 성이 안 차서
다른 방법으로 앎을 거울삼아
삶을 개척하는 방안을 모색 중 도전적 창업의 길 위에 놓이네

모험정신을 일구는 곳에는 언제나
어려움이 따르겠지만 그것을 극복하는 과정이 삶이라
포기 없이 끝까지 견뎌냈네

그것이 오늘날
쉽게 누구에게나 성공이란 이름으로 칭송을 받지만
그 과정은 피나는 노력의 결실인 것을

중소기업체의 사장으로, 이제는 회장으로
회사를 국가적 기업으로 육성시키는데 온 정열을 바쳐
국가산업으로 발돋움하였네

사원들의 복지에도 우선순위로 관심을 기울여
잘 돌아가는 영업현장에 해를 끼치지 않는 한
해외로 연수기회를 넓혀주니 기업가 정신의 전형이여

집안을 살리고
가정을 일군다고 장모님의 자랑은 끝이 없어
그게 행복과 보람의 근원이라네

집안의 큰일, 복지시설, 경로당
노인정, 동문체육대회에 후원금
성금, 찬조금을 내놓으니 어디서나 든든한 버팀목

효성이 지극하여
수시로 시골에 홀로 계시는 모친을 찾아뵙고
안부를 여쭈며 용돈도 두둑이 드리네

국내에서 경쟁을 높여
해외 자회사로 발주 물량을 넓혀 나가며
나날이 발전의 페달을 밟는 처남은 나의 형님이여

이제는 믿음직한 아들에게
전권을 물려주고
지근거리에서 기업체 운영방향에 대해서 미래를 개척할 뿐

그러나 회사의 장래에 대한 책임감으로

해외 사업체 경영에 대해서는

1급 CEO● 의 역할을 주도한다네

언제나

가정에 행복의 꽃이 피어나

그것이 가정은 물론 공동체 사회에서도 귀감이 되길 바라네

이렇게 형님의 하루는

뭉친 힘, 솟는 기상

빛나는 내일에 주춧돌이 되리라

● 이스트한상사, 직물도매업, 1993. 01. 01. 설립
● 구급차, 선진국의 예를 보면 구급차는 이동하는 응급실로서의 기능을 완벽하게 갖
  추고 후송 도중 집중치료실(Intensive Care Unit/ICU) 수준의 진료를 제공할 수 있도록
  장비 및 인력을 보강하는 추세에 있음
● Chief Executive Officer 최고경영책임자

혁신이 만병통치라!

어머니선생교사들을
식사하며 만날 기회를 가졌는데,
의견이 분분하고 외려 혁신학교를 기피한다네

서둘러 메스를 대며
대대적 궤도 수정을 하기엔 조건 충족이 안 된 상태여
그러나 소수의견을 청취할 가치는 있겠네

이기적 어머니들이 원하는 교육의 결과를 위해서는
옛날 구시대 꽉 막힌 교육을 선호하는 경향이라
이해가 안 되는 상황이지만 참조는 해야 할 과정 중

얼핏 듣기에 혁신학교, 혁신교육, 학교혁신에
어머니들이 많은 지지를 보내는 줄만 알았지
그런데 기대 이상으로 상황이 악화일로니 이를 어쩌나

나는 그래도 폐교 위기에 있는 작은 학교를 구조할 방법은
'혁신 밖에 없다'고 생각했다는 것이 솔직한 심정이고
또 그렇게 성공을 거둔 눈에 띄는 학교도 전국에 많이 존재하네

지난번 혁신학교 연수에서 모든 학교가 혁신하는 자세를 견지해야
급변하는 정세에 대안이 나온다고 내심 주장을 했는데
갈등이 일어나는 상황이 발발했으니 대안을 찾아보는 게 순서

성찰하면서 교육철학에 바탕을 둔 현실을 직시하는
반성의 기회를 가져보는 것도
필요하다는 생각을 떠올려 보네

혁신이 만병통치라 짐짓 생각했는데
전반적 상황을 고려에 넣을 때 그렇지만도 아니니
지역특색과 처지에 어울리게 다양한 방법을 모색하는 계기

강원교육의 혁신과 아름다운 순행의 발전을 위해
모두가 발 벗고 나서, 사명으로
학교 공동체에 향기로운 손짓을 해 보며 감사하네

비화가 뭐더라

방화에 의해서인지
발화지점이 어딘지 분간이 안 되네
소화기를 들고서,

진화작업에 나섰지만
실화로 밝혀지며
언제 어느 때보다 경각심을 갖고 불조심하네

명화에 불이 붙어 다 탔다고
성화를 부리더니 오히려
성화까지 불을 붙여 진화작업은 악화일로네

비화가 뭐지?
비하인드 스토리를 말하나?
날아다니는 불이 비화라네

비화는 세상에 드러나지 않은 일도 해당되니
전화위복으로 결과는 예측불허
변화가 일어나,

분화[●]로 치달으면
분화[●]가 일어나
전화[●]가 크게 나타나리라 예상되네

비화가 거칠게 일어나면
불이 날아다니는 형국
양간지풍에 바람 잘 날이 없네

변압기에서 불꽃이 튄다
고성 대진에서 불이 번져
속초까지 집어 삼키는 비화는 상상을 초월하네

강릉 옥계에서 불, 동에 번쩍 서에 번쩍
국방부, 전국 소방대원들에 총동원령
가까스로 비화가 잡혔네

[●] 分化 differentiation
[●] 噴火 불을 내 뿜음, eruption
[●] 戰禍 전쟁에 의한 온갖 재앙

천자를 앞세워 글을 만들어보자

천국에 간다고 난리여
천당에 가도 좋아
천안은 하늘나라에서 제일 안전한 곳이라네

천안에서 은퇴연수를 받으며
천안이 큰 동네라는 것을 알았어
천안은 이름대로 살기 좋은 도시여

천시받지 말고
천대, 멸시 무시도 안 돼
천대를 받으면,

천치가 되어
천궁에 들어가기 전
천장에 충돌을 하여,

천정에 이를지도 모를 일
천막을 단단히 쳐도
천상으로 치솟는 것은 붙잡지 못하네

천하에 머무르면 안정감이 있어
천륜의 인연으로
천명을 다하며,

천공*에
천수를 매달아 장수의 길에 들어서면
천황보다 위에 존재함을 느껴 보네

천성이란 이런 것으로
천상천하 유아독존의 경향성으로 뻗으면
이 세상에 천자를 갖고 다 누려 보네

* 天空 heaven, 穿孔 구멍을 뚫음

나이는 숫자

나이야 가라
나이는 나의 적
나이는 숫자에 불과하다네

나이에 휘둘리지 말고
나이를 극복해
힘차게 활동하여 청년을 뽐내네

'나이야가라', 나이트클럽도 있었지
그러면서 노익장을 과시하며
나이야 가라! 외쳤지

나이는 숫자에 불과하다고 하면서
자꾸 나이를 돌아보면
세월의 흐름에 감각이 무뎌져

'내 나이 묻지 말라' 하지만
만나면 얼굴과 나이를 보게 돼
가는 세월, 주름살은 붙잡을 수가 없다네

나이는 숫자에 불과해
나이에 관심을 두는 대신에
나이를 잊고 현실에 충실한 삶을 얹어주네

인간으로 태어나
나이라는 숫자가 따라오는 것은 막을 수 없는 일
마음을 고쳐먹고,

마음이 진짜다
마음이 중요해
마음을 가다듬어 어려운 세파를 헤쳐 나가네

나이야 가라
나이야 이제 그만 따라와!
나이라는 허울, '껍데기는 가라'•

• 신동엽(申東曄 1930~1969)의 시

뒷동산 산책

내가 살고 있는 동네를 다소곳이 둘러싼
길쭉한 작은 동산이 있어
퇴직하신 분들이 자주 찾아오네

그래서
'명퇴산'이란 이름이 붙어 있어서
퇴직하신 분들의 정다운 놀이동산이면 좋겠어

오르막이 약해서
걷기가 편해,
맑은 날씨가 도와주면 기분이 상쾌하네

명퇴산 정상에 다다르면
'춘갑봉'이 반겨줘
봉우리가 아주 예쁘게 생겼지

어느 토요일 걷기로
아내와 함께 담소를 나누며
경로를 달리하면서 천혜의 자연을 감상하네

건강이 저절로 좋아지는 듯
여기저기 오가는 등산객이 꽤 많아
가까운 곳에 이런 완만한 등산로가 있다니 얼마나 축복이여

조금 걸으며 생각을 넣다 보면
아름다운 정자도 보이네
올라 앉아 걸쭉한 막걸리라도 마시고 싶은 심정이네

환선정*이라 해
저 멀리엔 천학정도 있어
저쪽엔 청간정*이 바다를 접하고 보기 좋게 자리 잡았네

그렇게 몇 갈래 길로 돌아서면
땀이 송글송글 맺히며
운동을 한 후에 상념이 없어지는 주말 오후를 맞이하네

주말을 적절하게 이용한다는 의미로
가벼운 운동을 겸하여
뒷동산을 산책하니 그게 삶에 활력소가 되네

급훈에는

학교 급훈에는 시대 상황을 반영하는 것들이 있는데
실소를 금할 수가 없어
주워 담기엔 쓸쓸함이 묻어나네

신나게 놀다 보면
서울대는 널 버려도
서울역은 널 받아 줄 거야

너희들은 못생겨서 항상 웃어야 한다
오늘 침은 내일의 눈물
대학 가서 미팅할래, 공장 가서 미싱할래?

포기란 배추를 셀 때 하는 말이야
50분은 길지만 3년은 짧아
엄마가 보고 있다

창밖의 선생님,
삼십분을 더 하면 남편 직업이 바뀐다
Tico 탈래, BMW 탈래?

10분을 더 공부하면 마누라가 바뀐다
후배와 같은 학번은 아니지
그러라고 보낸 학교는 아닐 텐데

경쟁과 차별로 치닫던 몰인정한 시대에
머리를 짜낸 냉소적 급훈들에서
이제는 포용과 이해를 담아 아름다운 세상을 가져오자

밥을 먹으며

병역미필자를 빼고
군대를 갔다 온 정상인은 잔밥을 알고 있어
욕심 부려 많이 담으면 잔밥이 있게 마련

잔머리를 잘 굴리면 '통밥이 좋다' 말하니
임기응변으로도 통하나
청중 앞에선 어떤 대학 선생의 말이니 씁쓸하네

조밥, 콩밥, 팥밥이 있고
된밥이 술밥이 되며
진밥이 떡밥으로 변하는 신세

수수밥, 옥수수밥이 강냉이밥이 되고
오곡밥이 잡곡밥과 통하며
보릿고개 시절 감자밥, 고구마밥도 좋아

검은 쌀이 몸에 좋다니 흑미밥
멥쌀밥과 찹쌀밥은 쌀밥이지만
안 좋다니 현미밥이나 보리밥이 좋지

요즘은 보리밥집이라 해도
목구멍에 걸린다는 핑계로 꽁보리밥은 안 줘
약간 섞어서 차려주면 좋아하네

맛있고 저렴한 장터국밥
24시간 콩나물국밥에
돼지국밥, 순대국밥, 소머리국밥까지

집밥에서 영양보충
식당밥에서 맛을 느낀다면
이제는 따로국밥에서 벗어나 양쪽을 아우르세

개밥에 도토리, 들어봤나? 굴밥도 있어
게밥에 도토리도 있다네
거기에 외국물 먹은 케밥까지

개밥은 개밥
닭밥은 모이
소밥은 여물, 죽이라 해

밥이 남으면 볶음밥으로 해치워
비빔밥이 덮밥이 되더니,
어느 날 김밥이 좋아지네

일본식 초밥이 인기를 끌어
바쁠 때는 주먹밥으로
어떤 때는 묵밥으로 후루룩

무엇이든 맛있게 밥을 먹으며
정신적으로 육체적으로
건강을 함께 하네

압력밥, 장작밥은 맛이 나고
전기밥은 그게 아니라지만
혼밥보다는 함께밥이 좋을 거야

혼밥이라 외톨이라고 흉을 보지만
나름대로 철학과 인생관이 있고
마음속으로 찾아보며 명상하는데 큰 의미가 있네

눈칫밥은 덜어내고
줏대와 의지로
꿀밥, 인삼밥에 도전하세

발 레

어릴 적부터
예능에 재능을 보이면
그런 아이를 둔 부모는 생각이 복잡해진다

연필을 잘 굴리면
공부에 방해가 된다면서
근심이 이만저만이 아니다

아이가 책상에 앉아 있으면
학과성적 향상에 도움이 되는 다양한
공부에 전념할 것이라 예상을 하다가 공상에 빠진 것을 보면 질색
팔색이다

우리나라 학부모들은
축구에 천부적 재능이 있는 아이를 두고서도
앉으나 서나 공부를 입에 달고 다닌다

노래를 좋아하고 잘 하면
그쪽 방향으로 소질을 고양시켜 주면

즐거운 가운데 만사 해결의 실마리가 풀리지 않나!

여기에 춤추는 것을 즐겨하는 한 아이가 있었으니
좀 더 구체적으로 잠재력을 분석한 결과에 따라
발레(ballet)라는 특별한 분야로 발을 들여놓게 되었네

그 아이가 세계적 3대 발레단의 하나인
파리오페라발레단 제1무용수로 진입하여
예술의 전당에서 그 진면모를 보여준다고 홍보문구가 떴네

10만원에 육박하는 입장료가 아깝지 않을 정도의 실력으로
관람석을 꽉 채운 청중들에게
세계적 발레의 진수를 보여준다는 야심찬 계획이다

내 주위에는 유수한 작품에 주인공으로 등장하는 연극배우가 있
는데
그 배우의 엄마가 아내와 그 외 친구들을 규합하여
종종 연극 무대를 찾는 것을 눈여겨 보았지만

한국에서 비인기 종목인 발레를 선보인다는 자체만으로도
큰 성공의 단초가 주어진 것이 아닌가
생각해 보네

책을 많이 읽으라고 하지만
학과공부를 게을리 하며 책에 빠지는 것도
한국 학부모에겐 금물이다

어릴 때 책을 많이 읽는 것이 성장하여 돌이켜보면
그것만큼 큰 자산이 없다고 말하고 듣지만
막상 독서에 심취하면 걱정이란다

다독 다작 다상량이면 얼마나 좋아
자신이 즐기고 좋아하는 방향으로 가게 내버려두면
큰 근심이 덜어지는데 왜 자꾸 어려운 길을 강구하는지 모를 일이여

유소년 청소년 축구단에 들어가서
재능을 보이면 훌륭한 축구선수로 등장하는 것은 시간문제인데
왜 자꾸 조급하게 "공부하라!!"를 입에 달고 사나

한국의 선비 학벌사회에 길들여진 것을

극복하는 것이 급선무라

해외여행을 하며 듣고 보고 깨닫고 실천하는 것이 교훈이 되리라

발레리나로 급성장하는 군대친구 딸을 보면서

주위 상황을 견주어 안타까운 현실이 눈앞을 가려

이렇게 예체능에 대한 관심도를 측정해 보았네, 과도한 면이 있으

면 이해

뚫어 뻥

나는 대소변을 보고
재나 왕겨로 생성물을 덮어주던
'완전 구식 세대'라네

대변을 보고
신문지나 두꺼운 종이, 지푸라기로
닦아주던 아주 고릿적 세대여

아주 시골, 첩첩산중
어느 마을에서 태어나
지금은 상상도 못하는 그런 화장실을 사용했지

'푸세식 화장실'에서
용변을 보다가
불순물이 튀어 오르는 것보다 좀 낫지

그러나 이럴 때는 그 배설물들이
밭이나 논에 거름으로 사용되어
비료로서의 역할을 톡톡히 했거든

그래서 어떤 사람은
아파트나 고급 주택 화장실의 수세식이
소비만 하고 아무런 도움이 안 된다고 항변을 하더라구

그런 화장실에 세면대가 있는데
요즈음 그것이 막혀 뚫어보자는 심산으로
'뚫어뻥'을 사 왔네

배관공을 부르면 출장비가 포함되어
비용이 제법 들어가지만
뚫어뻥 하나면 대충 해결이 되네

문명의 이기로
과학적 문화적 생활을 하는데
조금도 불편함이 없으니 얼마나 좋아

오늘도 뚫어뻥처럼 가슴이 확 트이는 하루를
나와 이웃의 배려로
함께 만들기를 희망하네

장례식장

어제는 장례식장
오늘은 결혼식 초청
나이를 먹다 보니 '경조사'가 너무 많이 터지네

오늘도
내일도 경조사는 일어나지만
인간된 도리가 있어 마냥 회피하기는 힘드네

'인륜지대사'에 동참한다는 것은
사회공동체에 함께 한다는 의미로
당연히 짊어질 짐이니 기분 좋게 떠안아

결혼식엔 아무 부담 없이 축의금 들고
하객으로 찾아가면 그만인데
장례식장엔 별다른 의미를 부여해

80, 90 나이가 들어서
세상과 작별을 하는 것은 자연의 이치에 순응이지만
비교적 젊어서 사망하는 것은 유가족은 물론

상가를 찾아간 조문객의 마음도 안타깝게 하네

퇴임을 하고 무병으로 장수하면 좋겠지만
자신도 모르게 질병이 침투하여 괴롭힘을 당하다가
세상을 하직하는 선배 교사들도 많아 안타까운 일이여

'인명은 재천'이라 했지만
죽음을 그렇게 쉽게 받아들이기는 어려운 일
'남에게 폐 안 끼치고 순리대로 살았는데,
어찌 이런 일이!'라고 한탄의 곡소리가 들려

두 자매가 결혼하여 매일 친정 부모님을 재미있게 모시며
왕림하던 차, 손자 손녀 보면서
이제 한창 노후를 즐길 나이에 가는 분도 있었네

결혼식이건
장례식이건
요즘에는 가족끼리 간소화 추세에 접어들었네
올 때는 순서가 있지만

갈 땐 순서가 없어, 취미를 살리며 건강을 보살펴
장례식장엔 제명에 가야 하네

떠나는 자는 말없이

이제 공직에서 최선을 다하여
세월의 흐름도 잊은 채 은퇴 나이를 채웠으니
바야흐로 떠날 때가 되었네

'떠나는 자는 말없이'
가혹한 평가는 남아있는 자, 역사에 맡기고
양호한 비평만 입고 떠나런다

만남이 있으면
떠남은 정해진 이치
'회자정리'라네

미련을 남기지 말고
홀홀 털고 또 다른 목표를 향해
노를 저어가세

겸양지덕으로
당당하게 미래를 설계하며
또 다른 만남을 기약하네

탐욕과 노욕을 멀리 버리고
건강하다고 자리 지키기에 급급하지 말며
들어오는 자에게 힘찬 발걸음을 주자

공정하고 합당한 것의 모범을 보이며
정감을 담아 즐거운 만남을 약속하고
서로 공감하는 가운데, 떠날 때는 보기 좋게 내려가네

왕따

가정적으로
사회적으로, 국가적으로
혼란이 거듭해 일어나는 복잡한 세상사

학교 교육공동체 내에서도
다양한 집단에서 일어나는 결과물로
해결의 실마리를 찾을 수 없는 일이 벌어지게 마련

약한 자에게 강하게 작용하는 것
강한 자에게 굽실대는 게
인간의 본성이라네

정신적으로
육체적으로 약한 자에게 몰매를 가하면
그게 왕따의 시작으로 심각한 상황이야

여기서 어떤 이는 왕따를 다르게 해석해
'왕을 존경하듯이
따른다' 해서 왕따라네

왕을 따르듯이
서로 간에 존경을 보내는 학교 사회라면
그게 배움의 공동체의 공동 목표일 거야

존경받을 왕을 대하듯이
상대를 배려하고 그것을 공감대로 삼아
바른 인성을 길러준다면 그게 배움의 전부야

불미스런 왕따를 척결하고
새로운 모습의 왕따를 창조하여
바른 국가사회 공동체를 건설하세

목사님

나는 매주, 수시로 예배당에 나간다
사람 만나는 재미도 있어
모태신앙으로 다져진 아내를 따라다닌다는 말이 옳아

내 취향에 맞는 설교라면
그거 듣는 재미도 있지
보통 인간이 말하는 설교엔 관심이 없네

여기에 드디어 내가 특별히 목사님이라 부르기에
부족함이 없는 성직자가 나타났으니
즐거운 외침이여

이렇게 실명을 밝히는 것이 글쓰기에
적당한지는 모르겠지만 기자 시절부터 좋아했던
베이직 교회• 담임 조정민 목사님

십자가를 걸었다고 다 교회인가
설교를 한다고 다 목사는 아니지 않은가
이렇게 정곡을 찌르는 목회자가 어디 있을까?

인터넷을 통해 오늘 아침 들어본 설교에
'어떻게 하면 교회에 개혁이 일어날까?'를
고민하는 내용이 나오더라구

감히 보통 교회 어디에서
개혁이란 말을 입에 올리나
참으로 놀라운 설교 자세여

성경에 착실하게 순종하는 마음을 담아
성도들에게 현실의 삶에 적절하게
설교로 깨달음과 감동을 주는 것을 어디서 만나겠나

일반 대중, 청중, 독자를 대상으로 하는 열린 터에서
여호와 하나님, 교회, 종교, 예배당, 성도, 목사를 논하는 것이
적절한 것인지는 관점에 따라 다르겠지

목사란 말은 '양치는 사람, 목자●'에서 온 것으로
추측이 되니 한 마리라도 놓치지 않고
데리고 가겠다는 목표의식이 뚜렷한 사람이 목사여

그 목사님의 한마디 한마디는 현실과 괴리된 것은 없어
주머니 사정이 안 되는데 억지로 남의 눈이 두려워
십일조를 던져 시험에 빠질 필요는 없네

성경만 읽어도 눈물이 날 정도로 감동인데
왜 설교를 듣는 것으로는 아무런 감흥이 없나!
여호와 하나님의 말씀이 아니라 자신의 말을 하기 때문이여

십일조에 이미 성전 유지 보수, 건축헌금이 포함되었는데
왜 별도로 헌금을 강요하나
구제헌금도 들어있는 십일조라는 거 알고 있나?

베이직 교회는 특징이 있어,

주차장은 여성, 노약자에게 양보해
주차공간이 부족하다 해서 아무 데나 차를 세워
이웃에 불편함을 주어선 안 되네

돈 많은 교회

천민자본주의에 앞장서 성도가 넘치는 교회*
큰 교회로 유혹하는 것은 하나님의 뜻이 아니여

하나님의 말씀에 충실한 성도
성경대로 말씀을 전하는 목사
탐욕이 없는 모범적 삶을 실천하는 목회자

그래서 넷째 주일은
'뭇별 교회'로 각자 발길 닿는 이웃 교회로 가서
예배에 참석이네

자신의 삶이 빛과 소금도 아니면서 행인에게 전도지 나누어 주고
버스에 올라 "주님은 여러분을 사랑합니다!?" 외쳐,
거리에서 시끄럽게 찬송을 읊조리는 게 옳은가!

어려운 가운데 헌금한 손때 묻은 돈으로
호텔에서 자축하며
호숙호식*한다는 얘기

특권층으로 편견을 갖게 되는 꼴프에 손대는 것도
큰 승용차받는다고
비난을 받아서는 안 되네

조 목사님, 안 목사님, 성도들의 성실한 마음이
나의 생활신조와 어울려 깨달음과 감동이 일어나
여기에 조심스럽게 언급을 했으니 이해하소서, 범사에 감사

- Basic Community Church
- shepherd, pastor, goatherd
- 여기 베이직교회도 주일에 수천 명이 참석함
- 好宿好食 잘 자고 잘 먹음

손뼉

뜻밖에 좋은 일이 생기고
어떤 주위 환경에서 기분이 좋으면
손뼉을 세게 치는 것은 인지상정

마지못해 손뼉을 치는 것은
상대에 대한 실례,
웃으며 세게 박수를 보내자

손뼉을 친다
박수를 보낸다
'박수를 친다'는 잘못된 표현인 듯

시켜서 억지로
손뼉을 치는 것에
길들여져 있어

음악회에 가서
멋진 작품을 선보이면 기립박수를 보내는데,
거기에 익숙하지 않은 청중들은 의아한 눈초리로 쳐다보네

강의를 들으러 가서
강사가 열강을 펼쳐 보이면
역시 손뼉을 쳐

그런데 손뼉에 익숙하지 않은 관람객은
사회자가 치라고 명령을 떨궈야만
손에서 박수가 나온다네

멋진 장면에는 언제 어디서나 우러나는 마음에
자발적으로 인색하지 않게 박수를 보내고
손뼉을 크게 쳐보네

뽕주르, 2019

GOOD-bye, Adieu 송구 2018
Hello, Hi, Bonjour 영신 2019
Happy New Year

올림픽과 남북평화의 원년 2018은 가고
황금돼지 새해, 기해년 2019가 밝아
새날 신정 연휴, 정월 초하루가 금방 지났네

1월 1일을 이렇게 온전히
휴일로 보내기는 처음이여
살다 보니 이런 일도 생기네

김정은 위원장의 방남, 북미 정상회담
남북 지도자 간 정상회담이 예상되는 2019년
숨 가쁘게 돌아가리라 점쳐지네

새 마음으로 새 출발을 스스로 약속하며
지키도록 노력하면 실적이 나타나고
사회 발전에 이바지하는 것이라

가정과 사회
지역공동체, 국가에 많은 변화와
공적이 일어나길 바라보는 것이여

정치
교육
사회, 문화면에서 경제대국의 체면이 동행하길 바래

남북이 하나 되어
평화무드를 조성하여 통일로 가는 길을 개척하며
세계만방에 한민족의 우수성을 과시하는 2019를 기대하자

사회적 국가적 사건사고를 줄여
모두가 행복하고
안전한 삶을 즐기도록 분위기를 조성하면 너무 좋아

확실한 최저임금으로 일터가 재미있고
거기서 노사 간에 보람이 나타나
모두가 기쁜 일상이 되면 얼마나 좋은가

이웃을 내 가족으로 생각하는 사회공동체가 확립되어
학생과 지역사회와 교사가
유익하고 즐거운 배움의 공동체를 창조하길 바라네

올해도
강원교육 발전의 원년으로 생각하고
비판이나 비난 일색보다는,

동참하는 공감의 시대가 도래하길 희망하면서
멀리 동해안에서
깊은 상서*로 감사하네

* 上書 writing a letter to one's superior

라디오 시대

그 옛날 큰누나가 라디오를 사 왔던 시대에는
'나지오' 그랬지
'라듸오'라고도 했었네

라디오를 친구로 사귀는
사람들, 애청자가 많아
라디오가 파급력이 큰가 봐

광고, 홍보도
TV보다는
Radio가 널리 퍼뜨리는 효과가 더 크다네

그렇게 세월을 지켜보다가
2019년 1월 14일 MBC 저녁 방송
'안영미. 최욱의 에헤라디오'

초등학교 졸업 후 50년
영어를 배우고 가르친 지
50년이 되는 해라,

특별한 마음으로
라디오방송에 관심을 기울이면서
교과서 퀴즈 프로그램에 신청을 알렸네

운 좋게도 연결이 되어

석굴암 불국사 첨성대의 고장은 '경주'
6대륙에서 가장 큰 것은 '아시아'
불이 잘 붙지 않는다는 '산소'의 역할이 아니거든

짬을 이용해 노래를 신청받기에
김용임의 '동동 구루무'를 주문했는데
일언지하에 없다고 해서 추가열의 '소풍 같은 인생'으로 교체

17일 목요일에
다시 에헤라디오를 들으니,

내가 신청했던 '동동 구루무'를 방어진의 노래로 틀어주며
진행자가 '내가 들었으면 좋겠다'는 멘트를 하는 순간에

차 안에서 기분 좋게 노래를 듣는 시간을 가졌어
월요일부터 금요일 저녁 8시 25분에서 10시까지
전국으로 송출되는 방송에
연결이 되어 나의 목소리가 전국을 강타했다니

꿈이여 생시여

나의 소싯적 꿈이 방송인이 되는 것이었는데
이렇게 공개방송에 나올 줄은 꿈에도 몰랐어
감동과 설렘이 교차되는 순간이여

6학년 4반으로 소개를 하고
영어교사로 현직에 있다는 것이 생생하게 나갔으니
문제 풀기에 부담이 되었네

다행히
초등학교 교과서 문제 세 개를
자신 있게 완벽한 답으로 맞혔네

이제 내가 방송된 것을 '다시 듣기'로
홈페이지에서 들어보며 감동을 되새기려 하네

나의 출연을 친절하게 반겨준 작가 담당자에게
진심으로 고맙다는 인사를 드리고
쉬운 문제로 나의 체면을 살려준 진행자에게 더욱 감사

라디오 시대에 이 감동이 언제까지
나의 마음을 들뜨게 하여
일상이 즐거움과 보람으로 가득하려나

Lucky Teacher, 럭키쌤
'락키쓰앵님', 운 좋은 선생님이라고
라디오 홈페이지 '다시 듣기'에 나왔네

스카이패스

어느 방송국에서 나온
드라마가 요즘 세간에
이목을 집중시키며 일면 허탈한 웃음을 짓게 하네

교육의 일그러진 단면을 보여준다기엔
너무나 씁쓸한 입맛인지라
그것을 보고 그냥 희극으로 넘기기가 교육자로서 용납이 안돼

스카이대학으로
무조건 육신을 넣어보려는 욕망이 치솟아
경쟁에 경쟁을 더하면 sky로 pass가 되나?

인간의 정을 싹 쓸어가게 하는
연기자의 철면피를 보노라면
그저 웃어넘기기엔 밤잠을 못 이루어

재미도 있어
내막을 알고 보면 너무 웃겨,
그러나 학생 당사자에겐 무엇으로 위로를 해주어야 하나

'피라미드'가 이렇게 적절하게 쓰일 거라
생각한 적이 없었는데
정답이 여기 있었네

경쟁에 밀려 나락으로 떨어지면
실패자로 '눌린다'

경쟁에 이겨 위로 오르면
승리자로 '누린다'네

작가의 개념 찾기

스카이대학에 들어가면 sky에 castle을 지을 거라는 막연한 욕심이
대부분의 가정에 파탄을 가져온다는 진리를 깨닫게 하며 성찰의
계기를 마련해 주는 측면이 연상됨

성경

집, 사무실, 연구실 여기저기
성경책을 놓아두고
짬이 나는 시간에 읽어주네

성경에 나타난
예수님의 행적에
때론 수긍이 가서 읽기가 재미있어지네

자동차에도 언제나
운전석 옆에
성경책과 찬송가집을 싣고 다녔지

그러다가
자동차 사고가 나서 폐차를 하는 가운데
사물을 챙기다가 제3자 기계공에게 성경이 발견되었어

그러니
그분이 하는 말
'성경이 거기에 있어서 목숨을 살렸다'

시의적절하고
의미심장한 해설을 붙여
위안을 삼아보네

모든 믿음, 신앙의 세계가 다 그렇겠지만
그런 식으로 편리하게
자기합리화에 근접시키는 경우가 허다해

그런 위기 상황을 떠나
성경 읽기는 여러 면에서
교훈과 즐거움을 주기에 충분하다고 생각하네

민주가 좋아

동네 애 이름처럼
민주가
친근하게 다가와

우리나라는
'민주공화국이다'●
헌법의 말씀이여

민주에는
인권과 평등이
살아있어

민주에는
공정함과
당당함이 존재하네

민주의 반대는
반민주, 독재, 전제정치
인정과 배려, 희망이 안 보여

민주엔
열매가 기대돼
상대방에게 웃음을 보여

민주엔
정의가 있어
불의의 불나방이 말을 못 붙여

오늘도
민주 세상에 자유와 평화가 전개되어
다른 사람의 인격적 대우에 발 벗고 나서네

반민주는 싫어
민주가 좋아,
누구나 민주공화국임을 자랑하면 좋겠어

* 民主共和國이다. ROK is a Democratic Republic.

황금돼지°

자 축 인 묘 진 사
오 미 신 유 술 해
12간지에 나타난 동물들의 형상

나는 병신생으로 원숭이에 속해,
가르치고 배우는 속성 이외엔
특별한 재주는 없어

올해는 돼지해
황금돼지띠
돼지꿈에 버금가니 황금으로 인도하네

돼지는
희생, 재물, 다산으로
그것에 속하는 사람에게 큰 희망을 줘

마치도
재산이 굴러들어올 듯한 기분으로
어느 면에서나 생산이 한창 풍요롭기를 기대해

내 큰아들이 돼지띠에 해당되니
마음속으로 뭔가 순리대로 성취되기를
희원하네

황금돼지 해, 2019년에
나를 포함한 대한민국 모든 백성들의 일터와
가정에 늘 기쁨과 웃음이 넘치길 기원해 보네

● 기해년(己亥年)은 육십 간지 중 36번째 해로, 2019기해년(己亥年)은 '황금돼지의 해'이다.

저 멀리 희망이 보이네

희망은
누구나 갖기 마련
그러나 희망을 제대로 누리기는 쉽지 않아

지금껏 희망을 품고 살아왔지만
그 희망이 언제 꺾일지
불안한 마음도 있어

이제 정년퇴임을 앞두고 있으니
희망 반, 우려 반
다른 세상으로 나간다는 것은 도전의 시작

여기 열강과 어깨를 견주는 아름다운 한반도
남북이 하나 되려는 역사적 도전의 현장에
또 다른 희소식이 날아들었네

서울, 평양이 하나 되어
공동으로 2032년 제35회 하계올림픽을
유치한다는 야심찬 계획

유치단이 스위스 로잔*으로 날아갔으니
조만간 애써 노력한 결실이 드러나리라
저 멀리 희망이 보이네

때는 바야흐로 2032년
만수무강으로 내 나이 77세,
그때가 되면 평양을 거쳐 백두산을 밟아보려나

남북이 하나 되어
서로 긴밀히 교류하면서 개성공단재개
비무장지대 공유, 금강산관광으로 평화를 만들어

냉전적 호전적 사고를 폐기하고
적대적 감정을 청산하며
서로를 껴안으니 같은 민족임을 다시 느껴 보네

2032년을 기대와 설렘 속에 그려보니
벌써 성취된 기분이여
저 멀리 희망이 보이네

도종환 문화체육관광부 장관은 15일 김일국 북한 체육상과 함께 스위스 로잔의 국제올림픽위원회(IOC) 본부를 방문해 2032년 하계올림픽 공동유치 유치의향서를 전달할 예정이다.

2032년 올림픽 유치에 관심을 보이는 나라는 남북한 외에 독일, 중국, 호주, 인도, 인도네시아 등이 있는 것으로 알려졌다.

* Lausanne 레만호 북쪽, 쥐라 산맥의 남쪽 기슭에 위치한 로잔은 제네바와 함께 레만호의 대표적인 도시 중 하나로, 제네바에서 북동쪽으로 62km 떨어져 있으며 프랑스어권에 속함

3.1운동을 혁명으로

1910년 8월 29일 경술국치
한일합방, 한일병합, 한일합병
친일파의 안일함에 나라의 운명은 식민지 신세

이완용과 데라우치가 만나
을사조약, 을사늑약으로 나라를 전격적으로 합쳐
더 크게 세계를 호령하려는 술책을 드러내네

여기서
이완용이가 나라를 팔아먹어
자자손손 매국노라는 불명예를 뒤집어쓰네

간 크게 나라를 넘겨줘
선량한 백성에게 치욕을 남겨준 자들을
을사5적이라 일컬어

학부대신 이완용
내부대신 이지용
외부대신 박제순

군부대신 이근택
농상공부대신 권중현을 가리켜
을사조약 체결에 적극 협조한 5적이라 불러

이런 불명예와 치욕의 순간
풍전등화에 놓인 국가를 구하겠다는 의지로
1919년 3.1운동이 전국에서 들불처럼 일어났네

그 운동이 세계 역사에 길이 남을 정도로
나라를 되찾겠다는 약소민족이 치열하게 울분과 피를 토하니
이제야 그것을 3.1혁명으로 승화시켜 부르게 되었어

1961년 5.16은 군사쿠데타*여
또다시 국가의 기틀이 무너지는 군부독재의 시작
5.16은 혁명이 아니라네

2019년 황금돼지 해에
3.1혁명 100주년이 되니
더욱 의미 있는 것으로 기억이 되네

3.1혁명 100주년을 맞아
아직도 세상에 널려있는 친일파를 급속히 척결하여
새 나라를 건설하는데 전 생애를 걸어보네

3.1운동을 혁명으로 힘을 고양시켜
여전히 활개치고 있는 일제의 잔재를 청산하는데
혼신의 노력을 기울일 것을 다짐하세

100년 전 1919년 남북이 하나 되어 일본 제국주의에 항거했듯이
3.1혁명의 혼과 얼을 오늘에 되살려
그로부터 100년 후 2019년에 남북교류로 평화무드를 조성하네

* Coup d'etat 프랑스어로 무력에 의해 정권을 빼앗는 일을 말함

4.19°의 교훈
___

독립운동가 김구선생이
암살당하는 정치적 혼란기
치고 박으며 반대파를 마구 죽이던 시대적 상황

친미파가 권좌에 앉아
반민특위*를 철폐시키며
친일파를 끌어안으니 그게 정치 전반을 꼬이게 하네

이게 오늘날의 좌우가 갈라져 싸우며
이념대립이 격화되어 민주주의, 사회주의, 독재주의
자본주의, 공산주의, 수꼴, 빨갱이를 들먹이는 형국

뭐가 옳은지
그른지, 시비가 안 가려져 무지몽매한 이전투구
미래가 분간이 안 되는 진퇴양난의 정국

친일파가 판쳤고 현재도 두각을 나타내는 암울한 시절
정치가 불안해
국민이 혼란에 빠져 있네

그 틈새를 노려
장기집권에 돌입하려는 무리수를 두었네
3.15 부정선거*의 서막

그래서 깨어있는 고등학생들이 주체가 되어
전국에서 들고 일어나
거리마다 온통 들썩이는 정황이네

뒤를 이어
대학생들도 내쳐 긴 침묵을 깨고
전국을 민주시민의 함성으로 뒤덮네

이래서 4.19가 탄생했으니
이름하여 4.19 학생의거
이제는 4.19혁명으로 격을 높였다네

1년여의 세월을 가만히 지켜보던
군부가 군사정변을 일으켜
5.16*으로 다시 전 국토를 소용돌이에 몰아넣네

여기서 4.19의 교훈을 무엇으로 그려볼까?

현실을 직시하며 정치, 교육, 사회현상을 제대로 읽어

현상을 잘 판단하는 힘을 기르니 당당한 민주시민이 되네

- 四一九革命 1960년 4월에 학생들을 중심으로 일어난 반정부 민주주의 혁명. 이승만 정권의 부정 선거에 항의하며 민주적 절차에 의한 정권 교체를 요구했으며 4월 혁명, 4.19의거라고도 함
- 반민특위, 反民族行爲特別調査委員會 1948년부터 1949년까지 일제강점기 친일파의 반민족행위를 조사하고 처벌하기 위해 설치했던 특별위원회
- March 1960 South Korean presidential election, 1960年 大韓民國 大統領選擧 후 개표 조작을 감행하였다가 부정 선거가 폭로되자 각지에서 부정선거에 반대하는 항의 시위가 일어났으며 이 과정에서 부정선거를 시위하던 학생들 중 김주열 군이 의문의 죽음을 당한 뒤 화장된 유골이 마산 앞바다에 유기되면서 후일 4·19혁명의 기폭제가 됨
- 五一六軍事政變 강제 이식하여 국민의 의식을 왜곡시키는 계기가 되었다는 것을 부인할 수 없으며 1993년 문민정부 출범 이후 김영삼 대통령이 5·16군사정변을 '쿠데타'로 규정짓고 그 평가는 역사에 맡긴다고 했듯이 이에 대한 논란은 앞으로도 계속될 가능성이 없지 않음(오일팔광주민주화운동 1980년 5월 18일부터 27일까지 광주광역시를 중심으로 일어난 민주화운동. 공식 명칭은 5·18光州民主化運動. 1979년 10·26사태로 박정희가 암살되고 유신체제가 붕괴되면서 한국은 민주화를 향한 정치적 격변의 시기로 접어 들었으며 유신체제의 전 기간을 통해 억압받아온 민주주의와 생존권에 대한 열망은 기존의 집권세력을 위협하면서 급격하게 확대되어 갔지만, 12·12사태를 계기로 권력의 핵심을 장악한 전두환(全斗煥) 보안사령관이 중심이 된 신군부세력은 최규하(崔圭夏) 과도정부를 유명무실하게 하고 국민들이 요구하는 민주주의와 이를 위한 명확한 정치일정 제시를 거부하면서 권력기반을 구축하고 있었음)

이런 건 처음이야

오늘이
38주년
'스승의 날'이라 챙겨주네, 20190515

교직으로
살아온 세월,
어언 근 10호봉, 40여 년

담임으로 서먹서먹하고 헛헛함이 묻어나던 시절
때로는 부장선생으로, 지역사회부 학년부 환경부
전교조 조합원 영어교사, 분회장, 지회장으로

아버지, 아빠, 형으로
이모부, 고모부, 작은 아버지, 동생, 오라버니*로
문선생, 동네 아저씨, 문장군, 도서관장, 현재 학교에선 부담임으로

오늘 스승의 날이라 하며
내가 부담임으로 있는 3-2반 아이들이
사무실로 몰려와 감사와 축하의 노래를 부르네, 스승의 은혜

이런 건 처음이야,
교사에서 진정한 선생으로
스승에서 겸손한 멘토가 되도록 가일층 노력하는 계기

판대기에 글을 써서
존경과 사랑을 보내니 눈물의 감동이여
초상화도 그렸어, 재주꾼이 많아

꽃다발, 장미 안개꽃
짧은 편지글
풍선에 하트모양을 넣어서 인연의 고리를 붙잡네

담임일 때도 받지 못했던 이런 뜨거운 감격
부담임인데도 마음에 와 닿는 무엇이 있었는지
어딘가 모르게 사제지간에 친근감이 묻어나, 이런 건 처음이야

퇴임사로 글쓰기를 끝냈는데, 자꾸 뒤로 밀려
촉박한 시간에 감성을 자극하는 일이 계속하여 벌어지니
글을 덧붙이네, 사랑하는 3-2반 제자들, 모두 안녕!!!

● 여동생이 '오빠'를 높여 이르는 말, a girl's older brother

50년 만에

중학교에 입학하여
처음으로 영어를 접했어
벌써 50년이 지났네

처음 접하는 외국어에 흠뻑 빠져
밤새워 연구를 하고 복습을 해서
점점 재미를 붙이네

국어도 중요하고
수학도 중요하고
영어도 중요하다는 얘기를 주위에서 귀가 따갑도록 들었어

그런 과목에 중점을 두고 공부를 하면
장래가 밝게 열리리라는 기대가 증폭되어
더욱 열성을 다하게 되네

그렇게 해 보더니
나의 전공이 되었어
취향과 적성에 잘 어울려

사범대학을 졸업하고
시골 중학교에 발령을 받아
줄곧 가르치고 배우며를 반복하다 보니

영어를 만난 지 50년 만에
나도 모르게 이제 50년 세월의 영어를 정리하고
아이들과 영어로는 만나기가 어려워졌다네

호적 나이 만 62세, 정년퇴직을 감수해야지
교직발령으로 40여 년의 형설지공
교단을 떠나는 마음이 마냥 홀가분하지만은 않아

정들었던 학교를 떠나지만
그런 배움의 울림은 평생교육으로 계속 이을 작정이여
후배 교사들이여, 배움의 공동체를 즐겁게 받들기를 기원하네

늘 정진하는 마음으로
가내 평안을 빌며
모두 안녕!!!

퇴임사

퇴임식이 없는 현재의 시대상황에 비추어
이제 대상이 없는 퇴임사가
면전에 놓여 있어

2년 4개월의 군 경력
38년여의 교직 경험을 합쳐서
근 41년을 국가공무원으로 근무했다고 세간에 평을 내리네

나 혼자만의 퇴임사로 과거를 돌아보는 절호의 기회임에
진정성이 묻어나는 퇴임의 변을 쏟아내며
사자후를 토하려 하네

회상하건대
탄광촌 초임시절
가르치고 지도하며 아이들의 지적반응에 보람을 가져본다

산촌에 있는 중학교 교사가 감히
인문계 고등학교를 넘본다며
전입을 포기하라는 어떤 몰지각한 장학사 선생이 비난의 대상이여

교육을 위하는 교육감을 선출한다는 의미에서
학교운영위원 선거가 불을 뿜던 시절
7번이나 출마하여 반타작도 못 거두는 당선 비율, 치열했던 선거전

주야간타율학습을 지양하고
자율에 의한 학습풍토 조성으로
인성과 적성에 바탕을 둔 참교육을 주장하다가 강제전출이네

국 · 영 · 수, 여타 과목의 취향을 완전 무시하고

누구나 예외 없이 강제보충수업에 동원시키는
비교육, 반민주, 반평화, 불의를 청산하여
진정한 교육을 하자는데 또 강제 퇴선명령이여

연수를 받는 것이 좋아
어디나 시간이 허락하면 현장으로 달려가 배우네
은퇴연수도 지역을 달리하여 세 번씩이나 받았지

보직교사로 임명을 받아 점수를 차곡차곡 쌓으면 교감을 따는데

유리하다 하여
나처럼 오로지 교실 강의에 전념하는 참교사에겐
보직의 기회가 거의 없었음을 실토하여 교육의 길이 뭔지
새삼 느끼게 하네

오래전부터 주장하고 관철시키려 노력을 했지만
아직도 미진한 부분이 많아, 교장선출 보직제, 전교조 합법화
성과급. 교원평가 철폐는 요원하기만 한 문제, 뜨거운 감자인가?

교실에서 사제지간에 수업을 주고받으며
앎과 앓음의 차이를 되새기게 하는 것도
학교 배움공동체의 중요한 사명이 아닌가

얽매인 임무®가 아니라
충실한 소명®으로, 사명의식으로
학생들로부터 뭔가 배움의 욕구를 트이게 하는 것은 촉진자의 역할

2019년 올해 황금돼지의 찬란한 빛을 뇌리에 새기며

8월말 퇴직의 날을 엄숙하게 기다리고
그냥 무작정 학교를 뒷전으로 보내는 게 아쉬워
글쓰기를 토대로 책쓰기에 접근이니 얼마나 큰 기쁨인가?

사랑하는 학생 제자여, 더욱 정진하여
뜻한 바 목표를 거뜬히 성취하고, 일취월장
삼인행 필유아사, 역지사지라

노력과 노동의 대가를 그대로 받으면 좋으련만
그런 생산적 부산물이 언제나 가능한 것은 아니라
때론 자존감에 상처를 주니 안타까워

갖은 세파를 잘 견뎌
언제 어디서나 배운 것을 바탕으로
세상에 나가 잘 실천하여 주기를 소망하네

담당구역 청소지도를 하면서 현장을 지키며
서로서로 거들고 모범을 보이지만 맡은 일에
성실성을 첨가하지 않으려

애를 쓰는 형상은 시정이 되기를 바라네

인격적 대우를 앞세우나
미성숙을 전제로 한 기다림이 아니라
완성체로 보고 커다란 기대를 하는 우를 범해선 피차 속앓이

지구온난화, 대기오염
환경문제를 들먹이지만
아직도 먼 나라 얘기처럼 수렴하니 문제의 발단이여

존경하는 교사, 선생, 스승, 멘토, 지도자여
부디 정열을 불태워 학습자에게 1%라도 영향력을 발휘하는
진정한 안내자가 되라, 덕불고 필유린 , 고진감래,
진인사 대천명이네

무엇이 되느냐가 아니라
어떻게 사느냐에 방점을 찍어 삶을 주관하다 보니
세속적 인식에 많이 모자라는 측면이 있으나
교육철학으로 극복이여

스승의 그림자도 밟지 않는다는 얘기가 회자되었으나
이제는 그것에 걸맞는 권위주의로 권위를 세우다가는
철퇴를 맞느니, 격세지감이네

회고, 회상하며 추억을 더듬어 보니
산촌, 탄광촌, 농어촌, 중소도시를 포함하여
13개 학교를 휘휘 돌아 지금 여기에 도달하였어

교육적 개혁을 목적삼아 전교협 가입 후
교육전문노동단체 전교조에 발을 디디니
이념적 집단으로 양분되는 형국에 교육은 더욱 복잡하게 꼬이네

요동치는 교육상황을 좌시하거나 묵과하지는 않았지만
멀리 한다는 인상으로 정든 운동장, 교문, 교실, 사무실을 나서려니
발걸음이 그렇게 가볍지를 않네

그동안의 배움과 가르침을 추억으로
과정을 더듬으니 정년퇴임에 임하여 세월의 흐름을
이제야 실감하는 나의 퇴임사가 되려 하네

아내, 두 아들, 며느리 그리고 일가친척, 한 가족으로 살아가는
일족의 공동체에 언제나 건강과 행복을 기원하고
믿음과 기도 속에 아름다운 찬양이 울려 퍼지길 희망하노라

퇴임을 앞두고 약간 흔들리는 기분에
앞으로 펼쳐질 미래의 세계가 두렵다고 느껴지지만
과감하게 도전하여 일상을 순조롭게 풀어가리

수명을 알맞게 견지한다면
제3막의 인생 40년을 어떻게 맞이할 거냐는
세분화된 계획과 야무진 실천이 중요하다고 생각해

제2기 인생, 40여 년의 세월을 짜임새 있게 보내며
밝은 미래를 기약하는데 물심양면으로 도움을 자처한
가족 친지 이웃 선후배 교사 여러분에게 진정으로 감사하네

당뇨병 악화 예방운동, 읽기, 만나기, 토론, 대화, 논쟁
국내외 여행, 쇼핑, 강의 듣기, 정기모임 참석, 활발한 sns 호응
수시 메모로 다양한 글쓰기, 강의자, 신앙 찾아 예배당 나가기,

이것이 퇴임 후

나의 일상으로 엮이기를 희망하고 소원하며

거창한 퇴임사에 가늠하네

● mission 임무, 선교, 미션
● calling 소집, 직업, 소명

단오장에서

황금돼지해, 2019년에도 어김없이 남대천 일대에서
커다란 축제의 장이다
전국 최대 행사로 거행되네

기독근본주의자는 생트집
미신이란다, 그냥 축제로 봐주면 안 되나
너무 고정된 사고, 기득권세력이라는 의미

그동안 단오제엔
무관심을 넘어
없는 것으로 흘려보냈는데

올해는 큰맘으로 찾아보네
볼거리 먹을거리 체험마당이 풍성한데
서커스 구경으로 발길을 돌린 것은 뜻밖이다

중국 북한에 비해
공연예술 기술이 뒤쳐져 있지만
그래도 실력향상에 불을 붙인다는 의미로 현장에 진입이네

많은 관객이 가슴을 졸이며
응원의 박수를 많이 보내
감동으로 호기심을 더욱 자극하네

1시간 20분의 숨 막히는 공연이
기억에 남을 듯싶어
관객이 되어 그들에게 힘을 실어주라고

단오 구경꾼들에게 떠내려가는 느낌이지만
사람구경만으로도 본전을 찾았다는 생각
이제 끝나가는 마당이네

그러면 안 팔린 물건을 놓고
2~3일간에 걸쳐서 떨이 흥정에 들어간다
그때부터 단오패션이 꿈틀거리네

올해는 유난히도 먹는 사람들이 눈에 많이 띄어
경제가 좋아졌나
강릉 시장 가계경제에 보탬이 되려나

단오장터를 나오다가
지인을 우연히 만나
감자전에 입을 대며 담소를 나누네

맛이 구수하여 찾아오는 손님이 많아
제때에 맞이하기가 어려운 형편
그러나 시장이 살아나니 모두가 즐거운 비명이래

단오터를 완전히 빠져나와
버스정류장에 도착하니 여기도 손님들이 미어터지네
단오가 풍성하니 버스 택시 대중교통도 풍년이여

당분간이지만
모든 게 왁자지껄
그야말로 사람 사는 세상이네

이렇게 부대끼며 살아가는 것이
정다운 이웃을 둔 보통 시민의 여유
그것이 인간세상의 본모습이 아닐까?

단오제의 별미는 축구의 명가
양교가 정기전을 갖는 것
올해도 추억담을 남기고 관객을 많이 모으는 데 성공했다는 후문이네

단오장에서
단오의 의미를 되새기며
내년의 풍족한 결실을 기약하네

전국 최대의 축제
단오장터에서 장터국밥을 먹으며
많은 추억을 간직하고 문화민족의 전통을 세워 보네

창간호를 읽고
-금강을 되새기며

　창간호의 제목이 여러 가지 이유를 붙여 '운율마실'로 결정되는 과정에 저는 관여를 안 해서 잘 모르지만 참으로 절묘한 이름임에 틀림이 없습니다. 작명이 중요하다고 말은 하지만 막상 이름을 짓는 것에는 그렇게 큰 관심이 없을 수도 있습니다. 운율에 맞추어 일상성을 풀어 놓으면 그것이 이런저런 내용을 담아 떠돌다가 적절한 곳에 머물러 '마실'에 들어가는 것입니다. '마실'에서 누구를 만날까 꿈꿔보는 것도 중요한 의미가 있어서 만남은 현실 사회에서도 커다란 영향을 미치는 역할을 합니다. 그래서 저는 어디 밴드에서 '운율마실'을 우연히 만나는 행운을 얻은 연유로 바짝 덤벼들어 여러 지인들을 직접 대면하게 되는 동기를 만들었습니다.

　오프라인에서 만나는 작가 시인 제작자 편집인 대표자 출판인 누구 할 것도 없이 지성미가 넘쳐 일상에서 보기 드문 문학인을 대거 즐겁게 만나는 계기가 된 것은 저의 작품 활동에도 알게 모르게 배움의 울림이 크게 돋아나리라 확신합니다. 그래서 신세계를 좋아하고 '운율마실'을 저의 기억장치에 담아두려는 노력은 도를 지나칠 정도입니다. 그래서 현재 신세계와 연관된 것을 영광으로 생각합니다. 사람과의 관계가 삶의 목표라고 하는 것이 조금도 과장이 없기에 신세계와의 인연을 언제 어디서나 자랑으로 여깁니다. 제가 금강유역 투어를 망설였다면 어떻게 그렇게 생각을 상상력으로 넣어 주옥같은 작품을 엮어서 온 세상의 보통 사람들에게 섞이게 만들어 내놓는 작가들을 만났겠어요. 그래서 주어진 인생에 선택, 결단력이 중요하다고도 말하잖아요.

창간호의 짜임새, 구성, 내용 전개, 차례가 읽기에 재미를 붙이게 되어 있습니다. 창간호에 나타난 순서대로『금강』『의자왕의 살해사건』의 작가 김홍정님의 자신감 있는 해설이 금강투어를 즐거움을 벗 삼아 무척 유익하게 만듭니다. 고향사랑이 대단하십니다. 작가님이 엮어내는 장면마다 호기심이 발동됩니다. 초청된 작가 유지남, 육근상님도 진지하게 설명하며 관객의 호응을 이끌어내는 능력이 엄청납니다. 사회를 보는 유작가님, 진작가님의 허심탄회하지만 심오한 시적 언어를 혼합한 고차원적 문학의 소양을 드러내는 것엔 감탄이 저절로 일어납니다. 시를 쓰고 수필을 창작해 내는 작가님들이라 그런지 말을 하는 솜씨에도 유머와 위트가 살아 있어서 너무 좋습니다. 조재훈작가 정윤천시인 비평가님의 구김살 없는 말의 유희와 잔치는 누구라도 가까이 하기에 부족함이 없습니다.

박용녀시인수필가님의 부부애는 삶에 표본을 보여주는 듯, 요소요소에서 향기가 풍겨 닮으면 좋겠다는 생각도 가져보았습니다. 거기다가 삶에서 피어나는 자연스런 글쓰기가 돋보이는 것은 아마 저의 생각에 국한되는 것은 아닐 겁니다. 밴드에서 쉼 없이 오가는 글들의 향연에 제가 미처 따라가기가 버거운 것이 오히려 저의 공부를 재촉하는 사례도 되어 기분 좋은 일이 예서제서 벌어지니 이렇게 만남이 좋을 수가 있나요. 임사진작가님의 말씀에서 시상이 떠오르는 경우도 있으니 어쩜 그렇게 금슬이 좋기로 짐작이 서는 천생연분의 부부연인지, 그분들과의 만남도 행운 중에 금상첨화입니다.

이혜영 한영숙 김미라 염선옥 김은경작가님들의 신세계문학 발전을 위한 헌신과 열성이 두드러지게 보여 앞으로 '운율마실'은 승승장구하리라 조심스런 판단을 내려 봅니다. 저도 거기에 소속되어 있다는 것을 생각하면 감개가 무량합니다. 의견을 나누며 그것을 참고삼아 작품에 넣어 보겠다는 다짐을 하면 글을 쓰는 사람으로서 자부심이 우러납니다. 그게 누에가 실을 잣듯이 마음껏 뿜어져 나올 때 희열이 솟구칩니다. 박용녀님이 글이 술술 풀린다는 말씀을 하셨는데요, 저도 그럴 때가 종종 있어서 제가 책을 낸 결과물도 그렇게 이어진 것이 참 많아 즐겁게 글이 되었다는 것을 가끔 회상하게 됩니다. 〈앎, 앓음 그리고 삶〉라는 제목 하에 개정증보판이란 이름으로 3판을 준비 중이니 선배 작가님들의 많은 성원을 아울러 부탁드립니다.

밴드를 언제나 가득 채우는 홍현정 정정기님의 글이 돋보이는 하루해에 최금정 대표와 전은숙원장님의 숨김없는 표현력도 새겨들을 만합니다. 정윤천 시인평론가와 박작가님 사이에 오가는 평가의 저력은 혀를 내두르게 하네요. 자신의 위치를 굳건히 지키며 작품의 신세계로 뛰어든 이영만 이재권님의 능력도 탁월하게 다가옵니다. 박용녀 강혜빈님의 수필문에서 깊은 향기가 솟아나 눈물의 감동을 일궈주니 글의 힘이 이렇게 강하구나 하는 것을 새삼 쥐 담게 되는 계기가 됩니다. The pen is mightier than the sword. 다시 한 번 강릉에서 터를 닦아 멀리 전국구를 짊어진 김단장님, 박시인 수필가님과 부군 임작가님, 최만집횟집 사장님에게 강릉인의 한 사람으로 동행열차를 타게 된 것을 영광으로 생각합니다.

회원의 적극적 호응으로 신세계문학을 주도하는 '운율마실'도 급성장의 길을 걷기를 희망하고 가내 평안을 기원합니다. 저의 산문시집에 대한 대략적 서평도 가을호에 게재되기를 희망합니다. 이어서 밴드에서 소개해 드린 다양한 취향의 작가님들이 분투노력하는 현장을 기대치로 삼아 그것을 다시 옮겨 상기하고 언제 어디서나 아름다운 동행을 고대하면서 저의 소중한 '마실 추억담' 여행기를 마치려고 합니다.

옥룡캠퍼스가 어디나요?
룡(용)이 춤추며 옥구슬을 굴리는 현상
캠퍼스가 조용한 게 참 마음에 드네요
퍼주며 받아먹으며 오손도손 정다움이 넘쳐
스카이캐슬보다 더 좋은 환경이네요

김홍정작가님, 다음엔
홍성이나 부여지역을 탐색 탐구 탐정하면 좋겠어요
정말 기대됩니다, 화순지역 모꼬지에도 많은 관심이에요

임인호대표님은
인사성이 밝아 대인관계가 돋보여요
호인이 별건가요, 첫인상이 좋아요

유편집장님의 여유가 좋아요
정신을 살찌우니 얼마나 좋아요
숙제가 아니라 축제하듯이 일터를 즐겁게

진작가님의 웃는 얼굴이 좋아요
순진하지만 진지함이 있어 더욱 좋아요
미적 감각에 시구가 떠오르는 별이 되네요

한참을 보아서 알았네요
영혼이 아주 맑다는 것을
숙성한 경험에서 풀려나는 시어의 품새가 좋아요

박사위에 봉사, 밥사, 감사, 술사가 있대요
영사위에 대사가 맞나요, 평등이지요
애정을 갖고 보면 모두가 예쁨이지요

이작가님의 나이를 헤아리기가 힘들었어요
혜안을 동원하여 알아보니
영 예측이 어긋났어요

박시인선생님, 존경합니다
강하면서도 부드러운 맛
정갈하면서도 예리한 시어들의 사용

박선생작가사장님의 의욕적 포부가 좋아요
용케도 신세계문학에 진입했네요, 부러워요
여(녀)자의 마음을 '운율마실'에 잘 전달해 주세요

조작가님의 활발함 유머가 풀무질이 되네요
재주가 넘쳐 재간꾼이 되네요
훈장에서 꼰대를 넘어 멘토가 되었다오

염선옥작가님은 투어에 막차를 타셨죠
선상에 올라 저 멀리 금강을 관망하니
옥구슬이 아름답게 굴러가는 모습을 그리네요

임자를 잘 만난 사진작가님
정적인 면, 동적인 면이 함께 어우러져
호감이 가는 최고 대인관계를 설정하셨네요

이광석작가님은 친절하시네요
광석이 번쩍이니 진짜 금이라네요
석공들이 제일로 좋아하는 시인이래요

서승원위원장님
승자가 따로 있나요
원칙대로 정상에 서면 그게 위너의 위치죠

정시인님의 유머는 위트가 되어 웃음이네요
윤기가 나는 말을 여기저기 섞어서 엮어주니
천상천하에 이태백, 허균이올시다

한 수 놓으면 시작이지요
옥석을 가리지 말고 한번 써봐요
경고망동은 금물, 시작이 반이라오

유(류)유히 저 멀리 흘러가는 금강유역
지남철처럼 끌어당겨 매혹하는 공주
남들과 잘 화합하니 이게 '운율마실'이라오

육질이 좋아
근육이 탄탄하대요
상품가치가 최고라고 평가되네요

임자가 따로 있나
우기면 무조건 내꺼
기필코 찾아오니, 솔출판사의 주인장이요

이렇게 기쁠 수가 있나요
나를 포토제닉으로 선정했으니
라디오에 생방송으로 뜨겠네요. 한 턱 크게 내요

김매러 가자구요
미라님도 같이 갈래요?
라면 한 그릇 먹고 가는 게 좋아요, 금강산도 식후경

김밥이면 족하지요
태평성대도 아닌데
화는 줄이고 하모니로 갑시다

김이 모락모락
은연중에 입맛을 다시며 뚜껑을 열었더니
경이로운 향기가 피어오르네요

김새는 소리는 말아요
바로 시작입니다, 게으름은 사양
오리발은 더구나 안돼요, 안돼

염장은 그만 질러요
상처 입히는 일은 금지라오
섭섭해도 그것만은 참아야 해요

'운율마실'에 모인 문학인 여러분들
율동에 맞춰 추임새를 주며
마음껏 신명나게 놀아봐요

실용적인 면에서 글쓰기로 노는 게 합당하지요

문화민족의 보배, 문익점의 후손 강릉출신 문웅상 밴드회원은
웅로화백의 창의성을 엄청 좋아한다네요
상응하며 부합하니 신세계문학에도 잘 어울려요

희소식

장남이 있어
언제 어디서나 희망이 컸지
남들이 부러워하는 실력과 외모를 갖추었네

소개를 하여 한 가정을 이루게 하려고 했더니
거들떠보지도 않더니만
해외여행 중에 한 여성을 만났대

어느 날 그녀를 데리고 와서
선을 보였는데
첫 인상에 키가 상당히 크더라, 173cm

보통으로 작은 여성만 상대하다가
그렇게 신장이 크게 나타나니
좀 당황스럽네

그렇게 해서
양가 상견례를 거쳐
결혼에 골인인데

시어머니가 그토록 기다리던
2세 소식이 없으니
얼마나 절망이었나

그러던 중
결혼 후 만 4년이 지나면서
희소식이 울려퍼졌네

이게 꿈이여 생시여
경사로다, 경사여
아들 부부가 아기모양을 카톡으로 얹어주었으니

옆집 아이는 출가하더니
자연스럽게 거치는 연례행사로
2세를 잘만 낳아 놓는데, 우린 뭐냐

그렇게 가슴 졸이던 찰라에
기쁨의 소식을 주었네, 얘들아 고맙다
그런 큰 행복이 이제 찾아오다니, 감동이네

꿈이 현실로 이루어졌네
내년 초가 되면 우리 집에서도
애타게 기다리던 인구증가를 한몫 거들 거야, 애국이 이렇게 힘들어

뭉친 힘
솟는 기상
빛나는 내일이 놓여 있으니 얼마나 좋아, 덩더꿍 덩더꿍

얘들아, 고맙구나
기쁨과 행복이 넘치는 특별한 희소식을 주니, 20190601
이제 2세를 기다리는 마음에 세상이 더욱 밝아지네

에필로그

그동안 늘 생각에만 담고 있으면서 바쁘게 산다는 핑계로 선뜻 용기 내어 실천에 옮기지 못했던 것이 이제 종이 위에 글쓰기로 실현되는 순간에 감동이 옵니다.

은퇴 설계 연수(재취업)를 계기로 가르치고 배우면서 생활주변에 쌓여 있는 소재와 주제를 중심으로 제목을 따와 즐거운 마음에 상상을 쓰기로 풀어내기 시작합니다. 다양한 인간관계 속에 구성되는 각양각색의 인연을 연결하여 수필의 내용을 기초로 시구의 형식을 갖추며 저의 이야기는 힘차게 전개됩니다. 서재에 자리를 지키고 있는 책을 뒤지고 성경을 읽으며 참고할 문구를 찾아 내용을 성실하게 보충합니다.

지금까지 일간지, 교지, 영어신문, 인터넷에 글을 쓰는 것에 취미와 관심을 가져왔는데, 이제 다시 정리하는 의미를 담아 책을 제작하겠다는 과정에 다다르게 되었음에 설렘이 동반됩니다.

그동안 글을 쓰면 '출판은 어떻게 하지?' 의문을 가지고 망설였는데, 은퇴설계 연수장 근처에 있는 찻집을 방문하여 거기에 진열된 책을 열다가 저자의 소개문에 번쩍 눈이 열리는 감격이 함께합니다. "글을 써서 보내주면 작가로 만들어준다"라는 희소식입니다. "바로 이거다." 쾌재를 부릅니다. 카페 주인에게 두 권의 책을 구매해서 시집의 내용과 구성을 자세히 살펴보는 기회입니다.

주위 상황에서 찾아 메모하여 구상한 것이 다량으로 머리에 들어 있어서 자세한 쓰기 계획을 세우는 데는 별로 어려움은 없었음을 고백합니다. 선뜻 글쓰기 결과물을 받아주겠다고 약속하며 동기를 부여한 어떤 시인님에게 진심으로 감사드리면서 무엇으로 보답할지 귀추가 주목되는 단계에 와 있습니다. 한 곳에 줄곧 5년여를 근무하며 글을 쓰기에 최적의 장소인 저의 외지고 한적한 사무연구실이 중요한 역할을 합니다.

남이 보기에 외롭고 쓸쓸한 분위기의 사무실을 배정받은 것에 늦게나마 고맙다는 생각을 피력합니다. 퇴임 전에 자신의 책을 받아보겠다는 희망과 의욕으로 매일 조금씩 서서히 점차적으로 글을 써 내려가는 재미는 그 무엇과도 비교할 수가 없습니다. 마치 물 만난 물고기와 비슷하다고나 할까요. 그러나 중단편 소설

같은 장르로 다량의 원고지를 충만시키는 작업을 하는 대작가, 대문호는 아직도 저의 가슴에 우상으로 자리 잡고 있습니다.

저는 일상에서 느끼고 주워듣고 깨달은 것을 수시 메모로 기억장치에 저장했다가 그것을 작은 생각으로 펼쳐보기에 바쁜 시간입니다. 느낌과 생각이 사고체계를 벗어나기 전에 메모하는 게 제1원칙, 일단 써보는 게 제2원칙, 수정을 거쳐 예쁜 글로 가다듬는 게 제3원칙, 알맞은 어구를 찾아 적용시키는 게 제4원칙, 글을 읽으면서 느낌을 되새겨보는 게 제5원칙, 국어나 한자, 외국어를 적절하게 갈무리하는 것을 제6원칙, 정리정돈하고 글의 순서를 잘 배치하여 의미가 통하게 하면서 완성품에 닿는 것을 제7원칙으로 하여 저 나름의 규칙으로 삼고 있습니다.

틈나는 대로 책을 읽고 담소를 나누면서 그것을 바탕으로 글쓰기 분위기를 조성해준 아내와 가족 모두가 열렬한 지지자가 되어준 것에 이 귀중한 자리를 빌려 진심으로 고맙다는 인사를 전합니다.

2018년 10월 중순 '은퇴 설계교육 현장'에서 미래의 밝은 세상을 제시해 주신 여러 존경하는 강사님과 연수 기간 중 변산반도 어느 카페에서 글쓰기의 발단이 될 정도로 책을 추천해 주고 주문한 차(茶)에 친절하게 덤으로 먹을거리를 제공해 주신 사장님에게 심심한 사의를 표합니다. 삶에 주어지는 계기를 기회로 활용하는 것이 얼마나 중요한지를 새삼 깨닫게 됩니다.

앞으로 계속 이어질 글쓰기 결과물에 대해 어떤 과정을 거쳐서 출판이 될지는 모르지만 모든 일정이 설계된 대로 잘 진행되기만을 희망하며 저의 첫 작품에 대해 기꺼이 편집 및 인쇄 의향을 표명해 주신 존경하는 콘텐츠 글찬마루 고은채 대표님에게 무한 감사를 드립니다.

이제 개정증보판 형식으로 〈앎, 앓음 그리고 삶 : 평생교사가 평생교육을 논하다〉라는 제목을 어렵사리 구상하여 글을 재구성하는 단계를 거쳐 ㈜엔터스코리아를 만나 저의 그간의 글을 선보이는 모양새를 취하고자 합니다. 부디 굽어 살펴서 저의 글쓰기가 책쓰기로의 환원이 원만하게 조성되기를 바라는 마음이 간절합니다. 글과 작품에 목말라 있는 작가로부터 메일〈skilled@enterskorea.com〉을 보내주기를 기다리는 넓은 마음으로 새삼 친구가 되고자 노력하시는 출판사 대표 편집인님과 임직원 여러분에게 진정으로 고맙다는 인사를 드림을 영광스럽게 생각합니다.

같은 방향을 바라보는 생각을 갖고 바람직한 결과물을 전망하는 독자들에게 재미와 감동을 보여주려고 갖은 애를 썼지만 미흡한 점이 많이 발견되리라 예측합니다. 그렇더라도 냉혹한 작가의 세상에 첫발을 내딛는 신인작가 지망생에게 지대한 관심을 품고 저의 글을 정성껏 읽어서 객관적 비평에 다가가시기를 희망하며 이만 나가는 말씀으로 대신합니다.

작가 후기

　작품의 제목을 결정하는 숨 막히는 과정에서 애당초 작가가 마음에 품었던 〈탄생에서 평생교사로, 정년퇴직에서 제3기 인생으로〉를 편집자의 권유로 〈정년퇴직을 마주한 평생교사의 인생 제3막〉을 선택하였으며, 출판사의 평범한 정리정돈 및 아름다운 편집 의도와 저자의 특이하고 재미있는 문자 활용의 끈질긴 주장 사이에 갈등과 다소 이견이 있었으나 절충점을 찾아 적절하고 원만한 결론에 이르러 기대하는 완성품을 내놓게 되었다는 것을 밝혀둡니다.

　이제 3집 형식으로 〈앎, 앓음 그리고 삶 : 평생교사가 평생교육을 논하다〉라는 제목을 곁들여 개정증보판에 독자 여러분들을 정답게 모시려 심오한 노력을 기울이니 1, 2집의 편견, 선입견에서 과감히 벗어나 신선하고 참신하게 저의 책을 접해 보시기를 요청 드립니다.

저 자신의 독자적 독창적 독보적 글을 쓰면서 글의 재미와 감동, 느낌과 깨달음을 살리려 남의 것을 가져오는 가운데 모두 각주를 다느라고 심혈을 기울였지만 그럼에도 불구하고 실례가 되는 부분이 발견된다면 용서를 구하고 또한 그림이나 사진에서 초상권이 침해되는 사례도 혹여 불거질지도 모르는 상황이니 혜량을 바랍니다.

여러 번에 걸쳐서 퇴고, 수정 및 교정을 완료하여 흠잡을 데가 없는 성인계몽 산문논술형 에세이집을 내도록 간섭하고 충언을 건네며 격려를 아끼지 않으신 존경하고 사랑하는 일가친척, 가족, 친지, 이웃, 종친, 동문 및 동료 선후배 여러분에게 이 자리를 빌려 또한 감사를 드릴 계기를 만들어 작품의 성패에 따른 희로애락과 아쉬움을 달래보려 합니다.

작가 이력

1957 유아원, 어린이집, 유치원(일제 식민지의 유산이라 하여 '유아학교'로 명칭 변경 추진), 학원에는 발을 못 디딜뿐더러 선행학습 과외교과수업은 이상향에 그침

1963 서원국민학교(황국신민을 강요하는 일제 잔재라 하여 '초등학교'로 변경)석화 분교, 4학년 때 본교로 가서 지나가던 달구지 바퀴에 발을 다쳐 지금도 흔적이 남음, 32회 졸업

1969 원주 대성중학교(유학), 영어에 재능을 보여 선생님이 학생들에게 가르칠 기회를 주심, 서울지역으로의 청운의 꿈을 키우던 시절, 월요일 아침 실외 조회시간에 전체 학생을 지휘할 기회를 차버린 것이 못내 아쉬움, 17회 졸업

1972 원주고등학교(특수반), 피부질환에 의한 집중력 부족으로 학년이 올라갈수록 성적 하락, 영어는 그래도 상당한 실력, 학생연대 기수단 활동

1973 인생의 갈림길 인문계열 자연계열이 분리되는 시점에 분명히 적성은 인문계열인데 성적우수자가 몰린다는 이유로 자연계열을 신청한 것이 순간적 실수, 19회 졸업

1975   강원대학교 사범대학 영어교육학과(자취생), ROTC로 장교 생활을 꿈꿀 때 다른 친구들은 대학원에 적을 두는 약삭빠름, 부모님이 계시는 농촌에서 육체노동을 하느라 인간관계에 소홀함, 7회 졸업

1979   2월 23일 광주 보병학교, 1공수 특전사 차출, 부마사태 및 10.26 경험, 12.12사태 출동

1980   5.18 광주민주화운동에 관여

1981   6월 30일 중위로 전역, 8월 26일 첫 발령(강원 정선 사북읍 고한중학교), 의식화가 안 된 순진무구한 시절

1984   경희대학교 교육대학원 교육학과 영어전공

1985   3월 강릉지역으로 내신하여 강릉고등학교 전입이 확정적인데, 어떻게 촌 중학교에서 명문고로 갈 수가 있냐며 어떤 장학사가 전입 포기를 종용하여 울며 겨자 먹기로 주문진수산고등학에 들어감, 지금 생각하면 나 자신이 초라해짐

1988   3월 발령으로 강릉여자고등학교 전입, 전교협 가입

1989   전교조 가입, 지금까지 조합원으로 교직을 굳건히 이어감

1992   삼척고등학교 발령, 교육개혁 운동하다가 강제전출로 북평
       중학교

1994   경포고등학교 발령, 운영위원 선거 패배

1997   1월부터 12월까지 전교조 강원지부 강릉지회장 역임
       강릉농공고등학교 발령, 축구의 명가로 단오제에서 농상 정
       기전

2001   첫 보직, 그 당시엔 보직을 얻어 부교장으로 올라간다는 욕
       심이 가득한 족속이 많아 나에게까지 순리대로 보직을 의뢰
       하는 사례가 없었음

2002   양양고등학교 발령, 참된 교육을 하자는 운동을 전개한다는
       이유로 강제전출

2003   9월 1일 평창고등학교(이름하여 내신서 없는 중간 강제발
       령 - 굴종의 삶을 거부하는 교사에게 고통을 안겨주자는 무자
       비한 전략임)

2005 강릉제일고등학교 발령, 보직 받음, 9월 1일 6개월 장기연수
      (대구 계명대학교 파견), 2006년 3월 1일 복귀함

2007 강릉여자고등학교 발령, 운영위원 선거 패배

2008 3월 1일 보직

2009 강릉고등학교 발령, 꿈에 그리던 명문고로의 진입이지만 성
      적 과열경쟁이 내심 걱정, 운영위원 당선

2010 3월 1일 ~ 2014년 2월 28일까지 보직, 지역사회부장으로 당
      연히 중국 자매학교에 다녀올 기회가 있었으나 다른 교사에
      게 양보한 것이 후회됨

2014 3월 정선 고한고등학교 발령, 세월호 참사를 경험하면서 학
      교교육의 중요성을 새삼 깨달음

2015 다시 경포고등학교 발령 , 3월 21일 장남 결혼

2018 4년째 근무 중, 10월 15일 ~ 10월 19일까지 전직 설계(재취업)과정 은퇴연수, 10월 20일 토요일 서원초등학교 제3회 동문체육대회 장기자랑에서 대상을 받아 내년부터는 초대가수로 등극

2019 1월 귀농귀촌 은퇴연수, 4월 사회공헌 은퇴연수, 6월 장남부부 결혼 4년 만에 2세를 잉태했다는 희소식, 8월 말 정년퇴임 (만 62세)

퇴임 후 활동은 이렇게 꾸미려 함:

독서 및 토론활동, 국내 외 여행, 봉사활동, 당뇨극복 운동, 산책 및 등산, 집안 일하기 정리정돈, 즐겁게 쇼핑하기, 영화 보기 및 외식하기, 친인척 방문, 신문 칼럼 시 및 각종 글쓰기, 전국 유명강사로부터 강연 듣기 및 질의응답, 민족문제연구소 및 문화유적 문학관 탐방, 주기적 가족모임, 학교 동문 종친회 정기모임 참석, 설날 및 추석 명절 생일 챙기기, 경조사 참여, 성경 읽어 새겨보고 소금과 빛으로 실천하면서 삶의 질 향상에 노력